哈福

哈福

哈福

5分鐘開口說旅遊日語

我的第一本
日語旅遊書

朱讌欣・渡邊由里◎合著

前言

輕鬆學日語　快樂遊日本

我們學日語擁有先天上的優勢，可以輕鬆辨讀日文漢字和外來語的意義，對我們來說，日語五十音相較於其他語言的發音，確實比較簡單容易。多學會一種語言等於多一種與人溝通的工具，讓自己的人際及人生都能因此開展出更寬廣的領域。

日本比我們先進廿多年，根據我留日多年的觀察，做生意跟著日本的腳步，可立於不敗之地，懾人的魅力來自獨特的文化風情，傳統與時尚科技交融薈萃，新舊事物交織共存，造就出獨一無二的城市與鄉村風貌。在東京櫛比鱗次的高樓大廈間穿梭閒逛、遨遊於北海道自然遼闊的鄉野景致、探索京都的古老莊嚴的寺廟氛圍、品嚐道地海鮮及各種美食……日本的每個角落處處充滿驚喜和樂趣。

心動了嗎？你是不是巴不得立刻收拾行囊，買張機票飛往日本，親身感受那份同時觸動視覺與心靈的旅行體驗。別急！日本永遠會在那兒等你，東京迪士尼樂園也不會一夜消失不見，做好萬全的準備再出發，保證你的日本之行會更加畢生難忘！

走在台北街頭，彷彿置身東京銀座，百貨公司的時尚流行和美食料理，總是充滿著濃濃的日本味兒，腦筋動得快的商人可以迎頭趕上，取得商機，俗話說：「書中自有黃金屋」，套在這兒，就是「日語中自有大商機」，商機無國界，懂日語，可以贏得先機。

不管你的目的是要旅遊、留學、遊學、做生意，到日本做好準

備的第一步，就是先學日語。雖然英語是通行國際的語言，但多數日本人平日生活的習慣用語仍然是以日語為主，如果你不願意只是做個走馬看花的觀光客，或是只能用英語跟日本人雞同鴨講，學會用當地的語言和日本人往來，能更深入了解日本的生活，說不定還有機會結交認識許多日本的新朋友喔！

日本人的經濟影響力遍佈全世界，即使在歐美各國的重要觀光景點，都能看到日文的旅遊簡介，即使看不懂法文、西班牙文，只要懂得日文，還是能擁有豐富的旅行體驗。

本書內容以赴日行程中必備的實用例句為編寫原則，根據您在日本當地不同的情境和場景分類，方便讀者學習與查閱。每個例句均包含中文、日語、發音及英語，懂中文的人可以用看的，學日語的人可以用說的，無論如何說不出口時，還可以用手指著書本跟人溝通。

放輕鬆！學語言沒有太多艱深的道理與規則，學一句用一句，學到哪講到哪，大腦裡的語言中樞自然就會把從嘴巴裡發出的語彙納入記憶，講多了，聽久了，習慣了，所有的語言就會跟母語一樣，成為你的直覺本能，屆時恐怕連日本人都會把你當成在地人呢！

輕鬆學日語【行前磨槍篇】

Chapter 1　交新朋友第一步

你一定曾經在各種場合做過自我介紹，除了姓名之外，你通常如何描述自己呢？先準備一段生動活潑的自我介紹詞吧！保證會讓每個初識的人都對你印象深刻喔！說不定還有機會帶來一段美好的友誼呢！

Chapter 2 基本用詞先記住

學習任何一種語言，先學會這些基本的用詞，就能善加運用與變化，還能隨時隨地舉一反三。而數字、時間、星期、月份等，總共就那麼幾個詞，而且用法千年不變，把它們記到腦袋裡，就可以有備無患囉！

Chapter 3 觀光旅行必備語

想到要出國旅行，心情快飛起來了，但行前功課做了沒呀？有沒有去查詢相關的旅遊資訊？有沒有準備幾句隨時要派上用場的詢問語呀？有沒有預先瀏覽當地的地圖呀？有沒有學會打電話報平安的方式呀？現在趕快準備，還來得及啦！

Chapter 4 意外狀況會應付

儘管已事先做好旅行計畫，也認真研究了交通及食宿等資料，甚至規劃了景點參觀路線圖，但旅途中還是可能發生大大小小的突發狀況，我們當然希望每個人出門旅行一路平安，但為了做好萬全的準備，還是現學一些可以隨機應變的語句吧！

Chapter 5 陸海空交通工具

到日本旅遊最有趣的事情之一就是可以搭乘各式各樣的交通工具，包括載客量龐大的地鐵、電車、巴士、新幹線、計程車和客輪。方便的大眾運輸系統也是日本旅遊觀光業歷久不衰的主因，每個遊客都可以靠著四通八達的交通網絡，輕易到達想去的地點。

Chapter 6 舒適休息住飯店

日本的住宿飯店大致可分為都市酒店、商務酒店、度假酒店、溫泉旅館(日式)、普通旅館、民宿、公寓式酒店等不同形態。日本飯店至今未採用世界通行的星級制,通常是按投資規模、設施、服務及知名度來劃分,並以住宿客人的口碑為基準。

Chapter 7 吃香喝辣美食通

日本料理的多樣化名聞世界,宴席料理、壽司、生魚片、天婦羅、雞肉串燒、牛肉壽喜燒、日式甜點、拉麵、鰻魚飯及煎餅等,用餐氣氛與菜式選擇各具特色,任何時候都會有意想不到的驚喜。趕快擬好美食計畫吧!相信你的口腹之慾已經開始蠢蠢欲動了。

Chapter 8 血拼敗家真過癮

到日本血拼，一定能滿足你的購物慾望，各種不同的購物商場和方式也能提供最豐富精采的購物享受！不過購物前最好多走幾家商店，比較價錢，摸清市場價格，購物前最好先問清楚價格，以免花錢買氣受喔！

Chapter 9 展覽表演看不完

日本是亞洲觀光的熱門景點，除了國際會議與各種展覽之外，也經常舉辦世界級的盛事活動，包括表演藝術、體育活動、

百老匯演出、節慶活動，以及由國際世界級大師演出的音樂會。對藝術文化表演有興趣者可上網查詢更多表演藝術的資訊。

Chapter 10 休閒娛樂好去處

旅遊日本除了欣賞自然美景，還要看日本人如何玩樂、如何享受多采多姿夜生活。日本有很多動物園，如富士野生動物園、群馬野生動物園等。日本是海洋國家，得天獨厚擁有世界最大和最多的水族館，東京臨海公園、大阪海遊館、沖滬美麗海等。

日本旅遊豆知識

赴日觀光考察的事前準備

日本列島地處亞洲東部太平洋上，國土南北狹長，由主要的四個島（北海道、本州、四國、九州）及四千多個小島所組成。跨越亞寒帶和亞熱帶，四季風景呈現多彩多姿的變化，自然環境優美，旅遊資源豐富。二千年的歷史為日本留下許多古蹟及文物，漫遊日本列島可領略日本獨特的文化，亦可飽覽自然風光與世界遺產，感受日本旅遊的無限樂趣。

當你手裡握著護照、機票，內心的欣喜雀躍完全無法隱藏，愉快的日本遊行程即將展開。親愛的讀者，出門之前，提醒您先花一點點時間了解一些對旅途有所助益的資訊，就能讓整趟旅行更加順利，回憶也會更美麗喔！

行前準備時，您不妨先蒐集相關的資訊，如：旅遊地點的氣象、銀行匯率、出入境機場規定及交通資訊等，不但能有效的協助您妥善的規劃旅遊行程，還能提供抵達日本後的旅遊資訊。東京、京都、大阪、橫濱、福岡、札幌、箱根、沖繩都是非常熱門的旅遊地點。

◎ 辦簽證

出國旅行前一定要先檢查護照的有效期是否在半年以上，否則

到了機場，別人快快樂樂的登機出發了，而你卻因為證件不符合規定，只能拖著行李打道回府，那種感覺可不只是「掃興」兩字可以形容的。

從二〇〇五年日本舉辦愛知博覽會開始，日本給予臺灣人民單次觀光免簽證（短期停留九十天）的方便，前往日本旅遊不需要辦理簽證，只需持六個月以上有效期之護照即可入境日本。

日本交流協會 臺北市松山區慶城街28號（通泰商業大樓） 電話：(02)2713-8000（總機） 傳真：(02)2713-8787

日本的其他種類簽證根據目的不同，分為長期簽證和短期簽證兩種。停留期限一年以下為短期簽證，短期簽證包括探親簽證和觀光簽證。一年以上（最長三年）為長期簽證，長期簽證主要包括留學簽證、學術交流簽證、教育傳授簽證、普通工作簽證、高級勞務簽證。還有數種特殊簽證，如日本孤兒、日本人的中國配偶，以及公務的外交、新聞、貿易簽證等。

● 辦理簽證必備資料

1. 半年以上有效期之護照正本。
2. 半年內拍攝正面脫帽、無背景二吋相片一張。
3. 身分證正本及影本（正、反面）一份。
4. 財團法人交流協會台北事務制定之申請表及受理領證憑單一份。

＊因簽證種類不同，必要時有可能要求追加其他相關資料。

＊簽證自申請日起至領取日止，必須由簽發機構暫時保管申請者的護照。

● 簽證申請機構

簽證申請可到以下機構或委託旅行社辦理。

財團法人交流協會台北事務所
地址：臺北市慶城街28號（通泰商業大樓）
電話：(02)2713-8000（代表）
傳真：(02)2713-8787
網址：www.japan-taipei.org.tw/tw/index.html
受理時間：星期一至星期五，上午09:15～11:30，下午14:00～16:00

財團法人交流協會高雄事務所
地址：高雄市苓雅區和平一路87號10樓（南和和平大樓）
電話：(07)771-4008（代表）
傳真：(07)771-2734
網址：www.koryutk.org.tw/indext.htm
受理時間：星期一至星期五，上午09:15～11:30，下午14:00～16:00
管轄範圍：雲林縣、嘉義縣、台南市、台南縣、高雄市、高雄縣、屏東縣、台東縣、澎湖縣

＊ 星期五下午不受理簽證申請，僅辦理發證業務。逢台灣國定假日及部分日本國定假日，事務所將休假，暫停業務。

◎ 錢幣兌換

在日本流通的錢幣為日圓。日圓分紙鈔和硬幣兩種。紙鈔有一萬日圓、五千日圓、二千日圓和一千日圓四種。硬幣有五百日圓、一百日圓、五十日圓、十日圓、五日圓和一日圓六種。日圓紙鈔薄

又結實，有很多防偽設計。例如二千日圓紙鈔上，除畫面的圖案以外，正面還可以看到隱畫的建築物，正側面可以看到（紙鈔和視線保持水平時）左下角有隱形字2000，右上角有隱形字日本等。

二〇〇四年，日本發行新紙鈔，女性人物首次出現在紙鈔上。一千日圓紙鈔的正面人物為細菌學家野口英世，五千日圓紙鈔為女文學家樋口一葉，一萬日圓紙鈔為思想家福澤諭吉。

日本各國際機場、銀行、飯店等都有外幣兌換服務，但銀行的營業時間為上午九點至下午三點。美元、英鎊、法郎、港幣等外幣均可兌換成日幣，人民幣目前只限在東京成田的指定銀行、大阪關西國際機場和大城市的指定銀行等處才可以兌換。新台幣兌換日圓的匯率約為3:1。

在日本，只要持有國際通用的信用卡，即可到各家銀行的自動提款機提領現金，一般營業時間到晚上九點止，也可以使用旅行支票兌換日幣。

在日本兌換外幣要付手續費，比台灣的手續費略高一些，尤其是在機場，建議最好在出發前確認所在地銀行與日本銀行的匯率牌價和手續費差價，選擇手續費便宜的地點兌換。

02

有禮貌的顧客左右逢源——先學會打招呼

親切有禮的日本人總是不吝於給觀光客最溫暖、熱忱的接待，來自世界各地的觀光遊客，每年為日本帶來為數可觀的觀光收益。出國旅遊當然要玩得盡興，不過也別忘了要展現出基本的國民禮儀，走到哪裡都能成為受歡迎的旅客，同時也能為旅行留下美好記憶。

早安！

おはようございます。

ohayou gozaimasu

Good morning.

午安！

こんにちは。

konnitiwa

Good afternoon.

晚安！

こんばんは。

konban wa

Good evening.

再見！

さようなら。

sayounara

Good-bye.

謝謝！

ありがとうございます。

arigatou gozaimasu

Thank you.

不客氣！

どういたしまして。

dou itasi masite

You are welcome.

晚安！

おやすみなさい。

o yasumi nasai

Good night.

對不起！

ごめんなさい。

gomen nasai

I am sorry.

不好意思！

すいません。

suimasen

Excuse me.

請多指教！

よろしくお願(ねが)いします。

yorosiku onegai simasu

It nice to meet you!

你好嗎？

お元気(げんき)ですか？

ogenki desuka

How are you?

托您的福，我很好。

お蔭様(かげさま)で、元気(げんき)です。

okage samade, genki desu

I am fine. Thank you.

初次見面，請多關照。

はじめまして、よろしくお願(ねが)いします。

hazimemasite, yorosiku onegai simasu

Nice to meet you. I would appreciate any help you can offer.

好久不見。

お久(ひさ)しぶりです。

ohisasi buri desu

Long time no see.

改天見。

また、後(あと)で。

mata, ato de

See you later.

我先走了。

お先(さき)に失礼(しつれい)します。

o saki ni siturei simasu

I must go now.

請保持聯絡。

また、連絡(れんらく)してください。

mata, renraku site kudasai

Let's keep in touch!

謝謝關心。

心配(しんぱい)してくださって、ありがとうございます。

sinpai site kudasatte, arigatou gozaimasu

Thank you for your concern.

很高興見到你。

お会(あ)いできてうれしいです。

oai dekite uresii desu

I am glad to see you.

請不要見怪。

遠慮(えんりょ)しないでください。

enryo sinaide kudasai

Please don't take offense.

忙不忙？

お忙(いそが)しいですか？

o isogasii desuka

Are you busy?

旅遊小叮嚀

日本人是非常注重禮儀的民族，無論何時遇到熟人，都必定要互相打招呼。早上遇到時說「おはようございます。」，白天遇到時說「こんにちは。」，黃昏之後遇到時說「こんばんは。」

多數的日本人熱愛大自然，對天氣的變化特別敏感，因此一般對話中常會出現有關天氣的寒暄話題，談論天氣也能使閒談進行得更為順暢。

輕鬆學日語【行前磨槍篇】

第1章

交新朋友第一步

出國旅遊，除了觀光購物之外，最有趣的事，莫過於可以認識來自世界各地的新朋友，而認識新朋友的第一步，就是要自我介紹，讓對方有機會認識你、瞭解你，如果能溜兩句日語的自我介紹，可以更快拉近彼此的距離喔！

自我介紹

你一定曾經在各種場合做過自我介紹，除了姓名之外，你通常如何描述自己呢？先為自己準備一段生動活潑的自我介紹詞吧！保證會讓每個初識的人都對你印象深刻喔！說不定還有機會帶來一段美好的國際友誼呢！

請問貴姓大名？

なまえ　おし

お名前を教えてくれませんか。

o namae wo osiete kuremasenka

What is your name?

我姓張。

わたし ちょう　もう

私は張と申します。

watasi wa tyou to mousimasu

I am Chung.

我叫陳建明。

わたし　ちんけんめい　もう

私は陳建明と申します。

watasi wa tin kenmei to mousimasu

I am Chen Gian Ming.

你是哪裡人？

御出身(ごしゅっしん)はどちらですか？

go shussin wa dotira desuka

Where are you from?

你在日本的哪裡出生？

お生(う)まれは日本(にほん)のどちらですか？

oumare wa nihon no dotira desuka

Where were you born in Japan?

我是台灣人。

私(わたし)は台湾人(たいわんじん)です。

watasi wa taiwanzin desu

I am Taiwanese.

請問你在哪裡上班？

どこに勤(つと)めていますか？

dokoni tutomete imasuka

Where do you work?

中國人
ちゅうごくじん
中国人
tyuugokuzin
日本人
にほんじん
日本人
nihonzin
韓國人
かんこくじん
韓国人
kankokuzin
美國人
じん
アメリカ人
amerikazin
法國人
じん
フランス人
huransuzin
德國人
じん
ドイツ人
doituzin
義大利人
じん
イタリア人
itariazin
英國人
じん
イギリス人
igirisuzin
澳洲人
じん
オーストラリア人
oosutorariazin

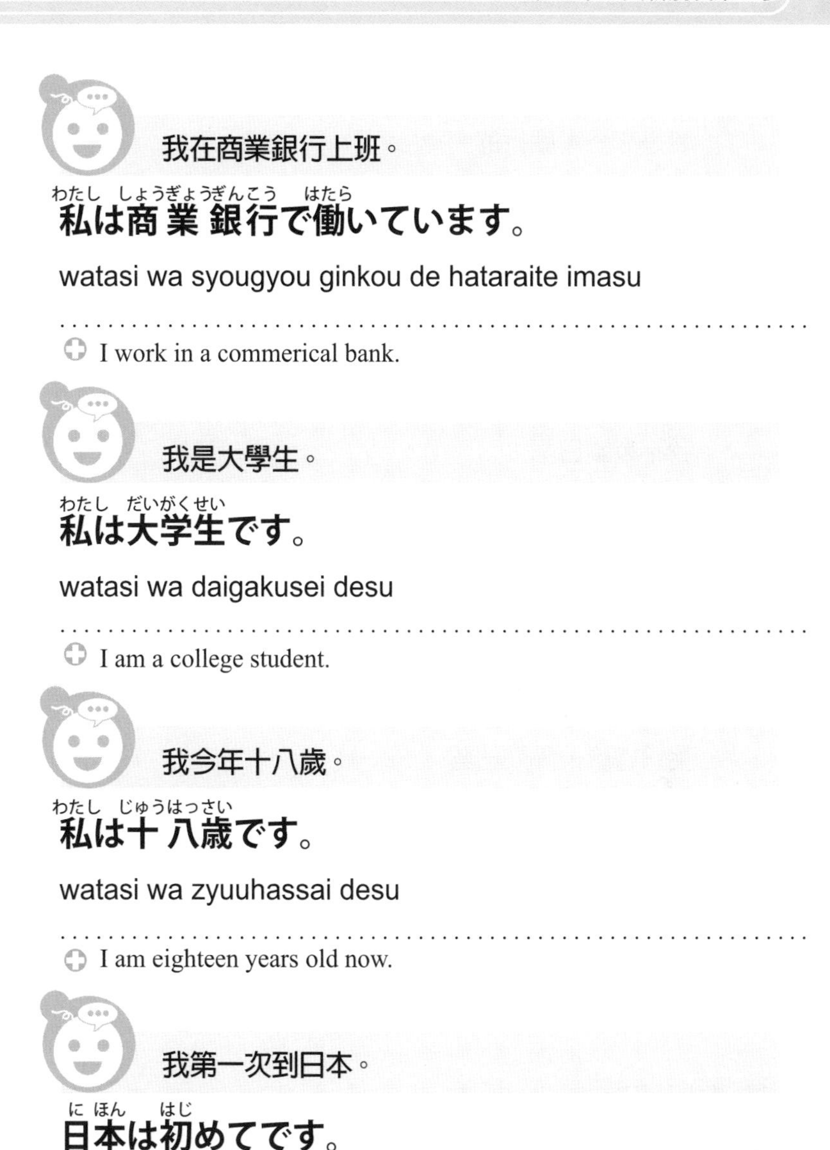

我在商業銀行上班。

わたし　しょうぎょうぎんこう　はたら
私は商業銀行で働いています。

watasi wa syougyou ginkou de hataraite imasu

I work in a commerical bank.

我是大學生。

わたし　だいがくせい
私は大学生です。

watasi wa daigakusei desu

I am a college student.

我今年十八歲。

わたし　じゅうはっさい
私は十八歳です。

watasi wa zyuuhassai desu

I am eighteen years old now.

我第一次到日本。

にほん　はじ
日本は初めてです。

nihon wa hazimete desu

This is my first time in Japan.

我是來日本旅行的。

にほん　りょこう　き
日本に旅行に来ました。

nihon ni ryokou ni kimasita

I've come to Japan to travel.

我不會講日語。

にほんご
日本語ができません。

nihongo ga dekimasen

I don't know how to speak Japanese.

我只會講一點點日語。

にほんご　すこ　はな
日本語が少しだけ話せます。

nihongo ga sukosi dake hanasemasu

I speak only a little Japanese.

旅遊小叮嚀

在多禮之邦的日本，即使遇到些許小事，也會聽到「ありがとうございます。」來表示感謝，如果是別人向你道謝，也別忘了回答一聲「どういたしまして。」喔！

噓寒問暖

天氣的表情就像女人的服裝一樣充滿變化，天氣是永遠不褪流行的聊天話題，管它是晴時多雲偶陣雨，還是陰晴不定，只要搞定幾個簡單的天氣問候語，遇見你的人就能輕易的感受到對話裡溫暖的關懷之情。

今天天氣如何？

今日の天気はどうですか？

kyou no tenki wa dou desuka

How is the weather today?

天氣預報是怎樣呢？

天気予報はどうですか？

tenkiyohou wa dou desuka

What does the weather forcast say?

今天天氣很好。

今日はいい天気ですね。

kyou wa ii tenki desune

The weather is fine today.

整天都有太陽。

いちにちじゅう　は
一日中晴れです。

itinitizyu hare desu

It will be sunny the whole day.

最近天氣很悶熱。

さいきん　てんき　む　あつ
最近の天気は蒸し暑いです。

saikin no tenki wa musiatui desu

It has been muggy recently.

氣象報告說明天好像會下雨。

てんきよほう　あした　あめ　ふ
天気予報によると、明日は雨が降るそうです。

tenkiyohou ni yoruto, asita wa ame ga huru soudesu

The weather forcast says that it will probably be rainy tomorrow.

你有沒有帶雨傘？

かさ　も
傘を持っていますか？

kasa wo motte imasuka

Did you take an umbrella with you?

晴天	陰天	下雨
晴れ	曇り	雨（あめ）
hare	kumori	ame
打雷	下雪	大霧
雷（かみなり）	雪（ゆき）	霧（きり）
kaminari	yuki	kiri
悶熱	乾燥	潮濕
蒸（む）し暑（あつ）い	乾燥（かんそう）	湿気（しっけ）
musiatui	kansou	sikke

最近天氣很冷。

最近（さいきん）、寒（さむ）いです。

saikin, samui desu

It was very cold recently.

溫度好像會回升。

暖（あたた）かさが戻（もど）ってきそうです。

atatakasa ga modotte kisoudesu

It will probably be warm again.

天氣忽冷忽熱。

寒（さむ）くなったり、暑（あつ）くなったりしています。

samuku nattari, atuku nattari siteimasu

The weather is sometimes cold and sometimes hot.

你喜不喜歡這裡的氣候呢？

ここの天気（てんき）が好（す）きですか？

kokono tenki ga suki desuka

Do you like the climate here?

夏天天氣如何？

夏（なつ）の天気（てんき）はどうですか？

natu no tenki wa dou desuka

How is the weather in summer?

這裡的夏天會不會經常下雨？

ここの夏(なつ)はよく雨(あめ)が降(ふ)りますか？

koko no natu wa yoku ame ga hurimasuka

Does it rain frequently here in summer?

夏天的氣候比較乾燥。

夏(なつ)の気候(きこう)はわりと乾燥(かんそう)しています。

natu no kikou wa warito kansou site imasu

The climate in summer is drier.

春天的氣候比較潮濕。

春(はる)は湿気(しっけ)が多(おお)いです。

haru wa sikke ga ooi desu

The climate in spring is more humid.

日本的氣候真好。

日本(にほん)は気候(きこう)がいいですね。

nihon wa kikou ga ii desune

The climate in Japan is really great.

介紹家人

和朋友談話時，聊聊雙方的家人是最容易拉近彼此距離的話題，彷彿立刻從普通朋友變成了結識已久的老朋友，這麼好用的社交句型，趕快多學幾句備用吧！教你一個小訣竅喔！閒來無事時，不妨把說明家人工作、年齡等基本資料的句型多練習幾次，臨到派上用場的時候，連當地人都會覺得你的日語說得很溜呢！

你家裡有幾個人呢？

御家族(ごかぞく)は何人(なんにん)ですか？

go kazoku wa nan nin desuka

How many people are there in your family?

我家裡有六個人。

うちは六人(ろくにん)家族(かぞく)です。

uti wa rokunin kazoku desu

There are six people in my family.

你有幾個兄弟姊妹呢？

何人(なんにん) 兄 弟(きょうだい)がいますか？

nannin kyoudai ga imasuka

How many brothers and sisters do you have?

我有兩個哥哥、一個妹妹。

あに　ふたり　いもうと　ひとり
兄が二人、妹が一人います。

ani ga hutari, imouto ga hitori imasu

I have two elder brothers and one younger sister.

你有沒有小孩呢？

お子(こ)さんがいますか？

okosan ga imasuka

Do you have children?

我有一個女兒、一個兒子。

わたし むすめ ひとり むすこ ひとり
私は娘が一人と、息子が一人います。

watasi wa musume ga hitori to, musuko ga hitori imasu

I have a daughter and a son.

你的父母是做什麼工作的？

ご りょうしん なに
御両親は何をしていますか？

go ryousin wa nani wo siteimasuka

What do your parents do?

我的爸爸是醫生，媽媽是老師。

ちち いしゃ はは せんせい
父は医者で、母は先生です。

titi wa isya de, haha wa sensei desu

My dad is a doctor, my mom is a teacher.

我姐姐已經結婚了，弟弟還在讀書。

あね けっこん おとうと がくせい
姉は結婚していて、弟はまだ学生です。

ane wa kekkon siteite, otouto wa mada gakusei desu

My sister is already married. My brother is a student.

父母多大年紀了？

御両親はおいくつですか？

go ryousin wa oikutu desuka

How old are your parents?

小孩幾歲了？

お子さんは何歳ですか？

okosan wa nansai desuka

How old is your child?

你現在一個人住嗎？

いま、一人暮らしですか？

ima, hitori gurasi desuka

Do you live alone?

我跟家人住在一起。

私は家族と一緒に住んでいます。

watasi wa kazoku to issyoni sunde imasu

I live with my family.

這張照片的小孩很可愛，是誰呀？

しゃしん　かわい　こども　だれ
この写真の可愛い子供は誰ですか？

kono syasin no kawaii kodomo wa dare desuka

The child in the picture is very cute, who is he/she?

這個是我的兒子。

かれ　わたし　むすこ
彼は私の息子です。

kare wa watasi no musuko desu

He is my son.

06

個性、興趣閒談

喜歡旅行的人通常也會對很多事情感到興味盎然，旅行途中如果有機會遇到同好，彼此的話匣子一打開，恐怕就停不了了，這麼難得的交朋友好機會，當然不能輕易放過囉！快點練習表達自己的興趣及個性吧！

你平常都做什麼運動？

いつもどんな運動(うんどう)をしていますか？

itumo donna undou wo site imasuka

What kind of exercise do you usually do?

我喜歡打籃球和網球。

私(わたし)はバスケットとテニスが好(す)きです。

watasi wa basuketto to tenisu ga sukidesu

I like to play basketball and tennis.

你有沒有打過網球？

テニスをしたことがありますか？

tenisu wo sita koto ga arimasuka

Have you ever played tennis?

那麼下次一起去打網球。

では、今度(こんど)、一緒(いっしょ)にテニスをしに行(い)きましょう。

dewa, kondo, issyoni tenisu wo sini ikimasyou

Let’s play tennis together next time.

我喜歡釣魚。

私(わたし)は釣(つ)りが好(す)きです。

watasi wa turi ga suki desu

I like fishing.

我喜歡去旅行。

私(わたし)は旅行(りょこう)が好(す)きです。

watasi wa ryokou ga suki desu

I like traveling.

我喜歡看卡通動畫片。

私(わたし)はアニメ映画(えいが)が好(す)きです。

watasi wa anime eiga ga suki desu

I like watching the animated cartoon films.

恐怖片 ホラー映画（えいが） horaa eiga 	文藝片 文芸映画（ぶんげいえいが） bungei eiga 	愛情片 ロマンス映画（えいが） romansu eiga 
武打動作片 アクション映画（えいが） akusyon eiga 	港片 香港（ほんこん）の映画（えいが） honkon no eiga 	卡通片 アニメ映画（えいが） anime eiga 
歌劇 オペラ opera 	演唱會 コンサート konsaato 	音樂會 音楽会（おんがっかい） ongakkai 

你喜歡吃什麼？

どんな食べ物が好きですか？

donna tabemono ga suki desuka

What do you like to eat?

我喜歡吃壽司。

寿司が好きです。

sushi ga suki desu

I like to eat sushi.

一起去聽音樂會嗎？

一緒にコンサートへ行きませんか？

issyoni konsaato e ikimasenka

Would you like to go to a concert with me?

但是我不喜歡聽搖滾樂。

私はロックが好きではありません。

watasi wa rokku ga suki dewa arimasen

But I don’t like listening to rock-and-roll.

那麼我們去聽鋼琴獨奏。

わたしたち　　　　　えんそうかい　き　　い
私達はピアノ演奏会を聴きに行きましょう。

watasitati wa piano ensoukai wo kikini ikimasyou

Then let's listen to a solo piano performance.

我不喜歡吃巧克力。

わたし　　　　　　　す
私はチョコレートが好きではありません。

watasi wa tyokoreeto ga suki dewa arimasen

I don't like to eat chocolate.

你喜不喜歡看小說呢？

しょうせつ　す
小説が好きですか？

syousetu ga suki desuka

Do you like reading novels?

你喜歡看什麼電視節目？

ばんぐみ　す
どんな番組が好きですか？

donna bangumi ga suki desuka

What kind of TV programs do you like to watch?

輕鬆學日語【行前磨槍篇】

第2章

基本用詞先記住

平常講話講到數字或時間、日期的機會，幾乎跟我們每天出門都會看到人一樣。學習任何一種語言，先學會這些基本的用詞，就能善加運用與變化，還能隨時隨地舉一反三。而數字、時間、星期、月份等，總共就那麼幾個詞，而且用法千年不變，把它們記到腦袋裡，就可以有備無患囉！

數字

日本的數字有固定的發音，不過在時間或價格的情況下，會有變音的現象。學會數字真的超好用喔！買東西可以殺價，出門不戴手錶可以問時間，認識新朋友可以交換電話，好處一大堆，趕快學起來有備無患。

你的電話號碼幾號呀？

お電話番号は何番ですか？
（でんわばんごう／なんばん）

oden wabangou wa nanban desuka

What is your telephone number?

我的電話號碼是2218－6518。

私の電話番号は2218－6518です。
（わたし／でんわばんごう）

watasi no den wabangou wa ni ni iti hati no roku go iti hati desu

My telephone number is two two one eight six five one eight.

旅遊小叮嚀

如果你實在記不住日語的數字表達方法，幸運的是，0-9的阿拉伯數字是全世界共通的，隨身帶著紙筆或計算機，臨時遇到需要用數字溝通的場合，可以應應急，完成電話、價格等數字的表達。

一	一（いち）	iti
二	二（に）	ni
三	三（さん）	san
四	四（よん）	yon
五	五（ご）	go
六	六（ろく）	roku
七	七（しち）	siti
八	八（はち）	hati
九	九（きゅう）	kyuu
十	十（じゅう）	zyu
十一	十一（じゅういち）	zyuuiti
二十	二十（にじゅう）	nizyuu
二十一	二十一（にじゅういち）	nizyuuiti
三十	三十（さんじゅう）	sanzyuu
四十	四十（よんじゅう）	yonzyuu

五十	ごじゅう 五十	gozyuu
六十	ろくじゅう 六十	rokuzyuu
七十	しちじゅう 七十	sitizyuu
八十	はちじゅう 八十	hatizyuu
九十	きゅうじゅう 九十	kyouzyuu
一百	ひゃく 百	hyaku
一百零一	ひゃくいち 百一	hyakuiti
一千	せん 千	sen
一千一百	せんひゃく 千百	sen hyaku
一萬	いちまん 一万	itiman
一萬零一	いちまんいち 一万一	itiman iti
一百萬	ひゃくまん 百万	hyaku man
一千萬	いっせんまん 一千万	issen man
一億	いっおく 一億	iti oku
一千億	いっせんおく 一千億	issen oku

星期

日語講星期時，不是用星期幾來表示喔！這點倒是挺特別的，而是用月曜日、火曜日、水曜日、木曜日、金曜日、土曜日、日曜日來表示。也就是把中國人的五行加上日月分別代表一個星期裡的七天。

今天是星期幾呀？

今日（きょう）は何曜日（なんようび）ですか？

kyou wa nan youbi desuka

What day is today?

今天是星期三。

今日（きょう）は水曜日（すいようび）です。

kyou wa suiyoubi desu

Today is Wednesday.

旅遊小叮嚀

許多日本上班族，假日也得去交際應酬，例如星期天要陪客戶打高爾夫球，所以幾乎沒有休息時間，他們就自嘲自己過的一週是「月、月、火、水、木、金、金」。

星期一 げつようび **月曜日** getuyoubi 	星期二 かようび **火曜日** kayoubi 	星期三 すいようび **水曜日** suiyoubi 
星期四 もくようび **木曜日** mokuyoubi 	星期五 きんようび **金曜日** kin youbi 	星期六 どようび **土曜日** doyoubi 
星期日 にちようび **日曜日** nitiyoubi 	週末 しゅうまつ **週末** syuumatsu 	

09 月份

　　一年有十二個月，不論跑到世界上的任何角落都是一樣的，差別只在於十二個月分配到春夏秋冬四季的區分點不太一樣而已。出門旅遊前要注意旅行當地的氣候，才不會因為帶錯了衣服，不是熱得要命就是冷得受不了。

今天是幾月幾日呀？

きょう　なんがつなんにち

今日は何月何日ですか？

kyou wa nangatu nan niti desuka

What is today's date?

今天是九月二十八日。

きょう　くがつ に じゅうはちにち

今日は九月二十八日です。

kyou wa kugatu nizyuu hati niti desu

Today is September 28th.

旅遊小叮嚀

　　講到月份日期，不妨先試試看自己的生日怎麼說吧！例如：私の誕生日は七月二十一日です。（我的生日是七月二十一日。）

（わたし　たんじょうび　しちがつ に じゅういちにち）

一月 いちがつ **一月** itigatu	二月 に がつ **二月** nigatu	三月 さんがつ **三月** sangatu
四月 し がつ **四月** sigatu	五月 ご がつ **五月** gogatu	六月 ろくがつ **六月** rokugatu
七月 しちがつ **七月** sitigatu	八月 はちがつ **八月** hatigatu	九月 く がつ **九月** kugatu
十月 じゅうがつ **十 月** zyuugatu	十一月 じゅういちがつ **十 一月** zyuuitigatu	十二月 じゅう に がつ **十 二月** zyuunigatu

時間

日語的時間跟英文的講法原則倒是有點相似，英文裡有差幾分幾點的說法，例如：五點五十分是It's ten to six.，就是再十分鐘就六點了；日語也一樣，例如：六時十分前（ろくじじっぷんまえ），就是五點五十分。

請問現在幾點呀？

いま何時（なんじ）ですか？

ima nanzi desuka

What time is it?

現在是十點半。

いま十時半（じゅうじはん）です。

ima zyuuzihan desu

It's ten thirty.

一點 いち じ 一時 itizi	兩點 に じ 二時 nizi	三點 さん じ 三時 sanzi
四點 よ じ 四時 yozi	五點 ご じ 五時 gozi	六點 ろく じ 六時 rokuzi
七點 しち じ 七時 sitizi	八點 はち じ 八時 hatizi	九點 く じ 九時 kuzi
十點 じゅう じ 十 時 zyuuzi	十一點 じゅういち じ 十 一時 zyuu itizi	十二點 じゅう に じ 十 二時 zyuu nizi

你幾點下班呀？

お仕事(しごと)は何時(なんじ)までですか？

o sigoto wa nanzi made desuka

What time will you get off duty?

晚上六點左右下班。

仕事(しごと)は夜(よる)六時(ろくじ)頃(ごろ)までです。

sigoto wa yoru rokuzi goro made desu

About six p.m.

時 じ **時** zi	分 ふん **分** hun	秒 びょう **秒** byou
刻 こく **刻** koku	半小時 さんじっぷん **三十分** sanzippun	一小時 いちじかん **一時間** itizikan
一個半小時 いち じ かんはん **一時間半** itizikan han	五分鐘 ご ふんかん **五分間** gohunkan	十分鐘 じっぷんかん **十分間** zippunkan

我下個月要去日本旅遊。

来月(らいげつ)、日本(にほん)へ旅行(りょこう)に行(い)きます。

raigetu, nihon e ryokou ni ikimasu

I will travel to Japan next month.

你記不記得今天是什麼日子？

今日(きょう)は何日(なんにち)か覚(おぼ)えてますか？

kyou wa nan niti ka oboetemasuka

Do you remember what day today is?

前天 一昨日(おととい) ototoi	昨天 昨日(きのう) kinou	今天 今日(きょう) kyou
明天 明日(あした) asita	後天 明後日(あさって) assate	這個月 今月(こんげつ) kongetu
下個月 来月(らいげつ) raigetu	去年 去年(きょねん) kyonen	今年 今年(ことし) kotosi
明年 来年(らいねん) rainen		

人稱代名詞

日語中的人稱代名詞很多，一般情況下，相當於中文的「我」用「私（わたし）」表示，「你」用「あなた」表示，第一人稱跟第二人稱沒有男女的區別，第三人稱的「他」用「彼（かれ）」、「她」用「彼女（かのじょ）」，第三人稱還可以用來表示自己的男朋友或女朋友喔！

這些是我從台灣帶來的特產。

これらは私(わたし)が台湾(たいわん)から持(も)ってきたお土産(みやげ)です。

korera wa watasi ga taiwan kara mottekita omiyage desu

These are the special products that I brought from Taiwan.

多謝你的邀請。

誘(さそ)ってくれて、どうもありがとうございます。

sasotte kurete, doumo arigatou gozaimasu

Thank you for your invitation.

她今天好美呀！

今日(きょう)の彼女(かのじょ)は凄(すご)く綺麗(きれい)です。

kyou no kanozyo wa sugoku kirei desu

She is very beautiful today!

你們要買柳丁還是蘋果？

オレンジかりんごを買(か)いませんか？

orenzi ka ringo wo kaimasenka

Would you like to buy oranges or apples?

我們難得來日本。

私(わたし) 達(たち)は滅多(めった)に日本(にほん)に来(き)ません。

watasitati wa mettani nihon ni kimasen

We seldom come to Japan.

我想他們收到這份禮物會很高興。

彼(かれ)らは、このプレゼントを受(う)け取(と)ったらとても喜(よろこ)ぶと思(おも)います。 karera wa, kono purezento wo uketottara totemo yorokobu to omoimasu

I think they will be very happy when they receive the present.

	第一人稱	第二人稱	第三人稱
單數	我 私(わたし) watasi	你 あなた anata	他/她 彼(かれ)/彼女(かのじょ) kare/kanozyo
複數	我們 私(わたし) 達(たち) watasitati	你們 あなた達(たち) anatatati	他們 彼(かれ)ら karera

12 一般稱呼

日語對一般人的稱呼很有趣，原則上不論是先生或小姐，通通稱為「さん」，加在人名後面。如果面對的是客戶或上司則用「さま」，對方是老師則用「先生（せんせい）」，這些稱呼用法都是表示敬意的。

你是不是李小姐？

あなたは李（り）さんですか？

anata wa ri san desuka

Are you Miss Lee?

陳先生是不是臺灣人？

陳（ちん）さんは台湾人（たいわんじん）ではありませんか？

tinsan wa taiwanzin dewa arimasenka

Does Mr. Chen come from Taiwan?

王太太是家庭主婦。

王（おう）さんは主婦（しゅふ）です。

ou san wa syuhu desu

Mrs. Wang is a housewife.

王伯伯到電影院看電影。

おう　　えいがかん　えいが　み　い
王さんは映画館へ映画を見に行きました。

ou san wa eigakan e eiga wo mini ikimasita

Mr. Wang went to the movie theater to see a movie.

	未婚	已婚	老年
男性	先生 さん san	先生 さん san	伯伯 伯父（おじ）さん ozisan
女性	小姐 さん san	太太 奥（おく）さん okusan	伯母 伯母（おば）さん obasan

13 方向

出門旅行不比在自己的居住地，哪裡有便利商店，警察局在哪個路口，似乎閉著眼睛也找得到。到了外地，問路、找地點是在所難免的，除了要知道怎麼問，還要能聽得懂人家的指引，所以還是認真搞清楚東南西北怎麼說吧！

火車站在哪裡？

駅(えき)はどこにありますか？

eki wa doko ni arimasuka

Where is the train station?

請在前面路口左轉。

前(まえ)の交差点(こうさてん)を左(ひだり)に曲(ま)がって下(くだ)さい。

mae no kousaten wo hidari ni magatte kudasai

Turn left at the next intersection.

有人在嗎？

ごめんください。

gomen kudasai

Is anybody in?

請問前面有沒有餐廳？

すいませんが、前(まえ)にレストランはありませんか？

suimasen ga, mae ni resutoran wa arimasenka

Excuse me, are there any restaurants up ahead?

警察局在對面。

警察署(けいさつしょ)の向(む)こうにあります。

keisatusyo no mukou ni arimasu

The police station is across the street.

這裡 ここ koko	那裡 そこ soko	哪裡 どこ doko
這邊 こちら kotira	那邊 そちら sotira	東邊 ひがしがわ 東側 higasigawa
西邊 にしがわ 西側 nisigawa	南邊 みなみがわ 南側 minamigawa	北邊 きたがわ 北側 kitagawa
前 まえ 前 mae	後面 あと 後 usiro	左邊 ひだり 左 hidari
右邊 みぎ 右 migi	對面 む 向こう mukou	裡面 なか 中 naka
中間 まんなか 真中 man naka		

輕鬆學日語【行前磨槍篇】

第3章

觀光旅行必備語

想到要出國旅行，心情都快飛起來了，高興之餘，行前功課做了沒呀？有沒有去查詢相關的旅遊資訊？有沒有準備幾句隨時要派上用場的詢問語呀？有沒有預先瀏覽當地的地圖呀？有沒有學會打電話報平安的方式呀？現在趕快準備，還來得及啦！

14 旅客服務中心

日本有三個國際機場，成田機場、羽田機場及新千歲機場，在機場的出境大廳會設有資訊櫃台，為旅客提供各種有關機場使用的資訊服務，以及機場及市區往返的交通資訊。

請問哪裡有旅客服務中心？

すいませんが、観光(かんこう)サービス・センターはどこにありますか？

suimasenga, kankou saabisu sentaa wa doko ni arimasuka

Excuse me, where is the tourist information center?

這裡是不是旅客服務中心？

ここは観光(かんこう)サービス・センターですか？

kokowa kankou saabisu sentaa desuka

Is this the tourist information center?

可不可以給我一張這個城鎮的地圖？

この町(まち)の地図(ちず)をいただけませんか？

kono mati no tizu wo itadake masenka

Would you please give me a map of this town?

有沒有電車路線圖？

でんしゃ　ろせんちず

電車の路線地図はありませんか？

densya no rosentizu wa arimasenka

Do you have a route map for streetcars?

這份簡介可以給我嗎？

あんないしょ

この案内書をくれませんか？

kono annai syo wo kuremasenka

May I take this brief introduction?

我想去賞花，哪裡比較好？

わたし　はなみ　い　い

私は花見に行きたいんですが、どこへ行ったらいいですか？

watasi wa hanami ni ikitaindesu ga, doko e ittara iidesuka

Where is the best place for viewing flowers?

我不太會聽日語。

わたし　にほんご

私は日本語がよくわかりません。

watasi wa nihongo ga yoku wakarimasen

I am not good at understanding spoken Japanese.

可否請你說慢一點？

ゆっくり話(はな)してくださいませんか？

yukkuri hanasite kudasai masenka

Would you please speak more slowly?

我不太瞭解其中的意思。

私(わたし)は意味(いみ)があまり理解(りかい)できません。

watasi wa imi ga amari rikai dekimasen

I couldn’t quite follow the meaning of it.

請你再說一遍。

もう一度(いちど)言(い)ってください。

mou itido itte kudasai

Pardon?

旅遊小叮嚀

入境後的第一件事，可以到機場入境大廳的旅遊服務中心(Tourist Information Center)索取市內地圖、交通路線圖及旅遊指南。服務中心可以提供旅客各種旅遊資訊，請多加利用喔！

看地圖、打電話

準確實用的地圖是出門旅遊時的必備工具。日本好玩的地方不少，看懂手上的交通路線圖和分區地圖，可以幫助您盡情穿梭於各主要參觀地區，輕鬆暢快的玩個過癮。會打電話也是旅行時重要的生存技能之一，找朋友、報平安、問事情，打通電話往往就能得到滿意的結果喔！

可不可以在地圖上指給我看？

地図(ちず)を指(ゆび)さしてくれませんか？

tizu wo yubisasite kuremasenka

Could you show me on the map?

請幫我看看這張地圖。

この地図(ちず)を見(み)てもらえませんか？

konotizu wo mite moraemasenka

Please help me find something on the map.

有沒有什麼明顯的標誌？

目立(めだ)つ建物(たてもの)はありませんか？

medatu tatemono wa arimasenka

Are there any obvious signposts?

請問從日本打到台灣的區域號是幾號？

たいわん　こくさいでんわ　くにばんごう　なんばん

すいませんが、台湾の国際電話の国番号は何番ですか？

suimasenga, taiwan no kokusai den wa no kunibangou wa nanban desuka

Excuse me, what is the regional phone number from Japan to Taiwan?

你是不是要直撥的？

ちょくせつでんわ　か

直接電話を掛けますか？

tyokusetu den wa wo kakemasuka

Would you like to dial direct?

觀光局的電話是幾號？

かんこうきょく　でんわばんごう　なんばん

観光局の電話番号は何番ですか？

kankoukyoku no den wabangou wa nanban desuka

What is the phone number of the sight seeing buearu?

我有點聽不太清楚，請大聲一點。

あまり聞（き）こえないので、もうちょっと大（おお）きい声（こえ）で話（はな）してください。

amari kikoenai node, mou tyotto ookii koe de hanasitekudasai

I can't hear clearly. Could you speak louder?

我想買一張日本的地圖。

私（わたし）は日本地図（にほんちず）を一枚（いちまい）買（か）いたいです。

watasi wa nihontizu wo itimai kaitai desu

I want to buy a map of Japan.

請求幫忙

中國人總是說「在家靠父母，出外靠朋友」，人與人之間非常珍貴的情誼之一，就是能互相幫忙、彼此協助。旅途中遇到任何問題需要別人幫忙時，你只管勇敢開口，一定會有熱心人士願意出手幫助的，相對的，如果你有能力幫助別人時，也千萬別吝嗇喔！

請問可不可以幫我照張相？

私(わたし)の写真(しゃしん)をとって貰(もら)えませんか？

watasi no syasin wo totte moraemasenka

Would you please take a picture for me?

請你幫我報警。

警察署(けいさつしょ)に電話(でんわ)して貰(もら)えませんか？

keisatusyo ni den wa site moraemasenka

Please help me call the police.

請幫我接接線生。

オペレーターをお願(ねが)いします。

opereetaa wo onegaisimasu

Please connect me to the operator.

我有事想請你幫一下忙。

ちょっと頼(たの)みたいことがあります。

tyotto tanomitai koto ga arimasu

Would you please give me a hand?

你可不可以教我講日語？

日本語(にほんご)を教(おし)えてくれませんか？

nihongo wo osiete kuremasenka

Can you teach me to speak Japanese?

貨幣的說法

一元 いちえん **一円** iti en	五元 ごえん **五円** go en	十元 じゅうえん **十 円** zyuu en
五十元 ごじゅうえん **五十円** gozyuu en	一百元 ひゃくえん **百 円** hyaku en	一千元 せんえん **千円** sen en
一萬元 いちまんえん **一万円** itiman en		

輕鬆學日語【行前磨槍篇】

第4章

意外狀況會應付

旅行如同阿甘正傳電影裡的台詞：「人生就像一盒巧克力，你永遠不知道下一個是什麼口味。」儘管已事先做好旅行計畫，也認真研究了交通及食宿等資料，甚至也規劃了景點參觀路線圖，但旅途中還是有大大小小的突發狀況可能會發生，遇到狀況時，驚慌失措是最不明智的，也可能會引來不必要的麻煩。我們當然希望每個人出門旅行一路平安，但為了做好萬全的準備，還是現學一些可以隨機應變的語句，有備無患呀！

17 問路

出門旅遊途中偶有大小問題算是很正常的，最常見的問題之一應該就是需要問路了，帶著甜美的微笑、客氣有禮的語氣，找個看起來親切又善良的人，通常都能得到熱心的幫助，不過還是要保持一點警覺性，不要隨便跟陌生人到陌生的地方，才能確保自身的安全。

請問廁所在哪裡？

すいませんが、お手洗(てあら)いはどこにありますか？

suimasenga, otearai wa doko ni arimasuka

Excuse me, where is the restroom?

從這裡直走可以看到電梯。

ここからまっすぐ行(い)くと、エレベーターが見(み)えます。

koko kara massugu ikuto, erebeetaa ga miemasu

Go straight and you'll see the elevator.

然後在電梯口左轉。

そして、エレベーターを左(ひだり)に曲(ま)がって下(くだ)さい。

sosite, erebeetaa wo hidari ni magatte kudasai

Then turn left in front of the elevator.

請問入口在哪裡？

すみませんが、入口(いりぐち)はどこにありますか？

sumimasenga, iriguti wa doko ni arimasuka

Excuse me, where is the entrance?

在前面轉角處。

前(まえ)の角(かど)にあります。

mae no kado ni arimasu

At the front corner.

可以帶我去嗎？

私(わたし)を連(つ)れて行(い)ってくれませんか？

watasi wo turete itte kuremasenka

Could you take me there?

旅遊小叮嚀

聽不清楚或無法理解對方所說的話，可以用最簡單的「え？」或「もう一度言って下さい。」對方就會知道你是外籍人士，一定會慢慢再說一遍。

不好意思，我們迷路了，請問這裡是哪裡？

すいませんが、私達(わたしたち)は迷子(まいご)になりました。ここはどこですか？

suimasenga, watasitati wa maigo ni narimasita. koko wa doko desuka

Excuse me, we are lost. Could you tell us where we are?

你們要去哪裡呀？

あなた達(たち)はどこへ行(い)きますか？

anatatati wa doko e ikimasuka

Where are you going?

我們想去青山。

私 達(わたしたち)は青山(あおやま)へ行(い)きたいです。

watasi tati wa aoyama e ikitai desu

We would like to go to Aoyama.

沿著這條路走到底，前面路口左轉就是了。

この通りをまっすぐ行って、前の交差点を左に曲がると、着きます。

kono toori wo massugu itte, mae no kousaten wo hidarini magaru to, tukimasu

Go straight along the road and turn left at the next intersection.

請問附近有沒有郵局？

この近くに郵便局はありませんか？

kono tikaku ni yuubinkyoku wa arimasenka

Is there a post office nearby?

大約走五分鐘就到了。

大体五分ぐらい歩くと、着きます。

daitai gohun gurai arukuto, tukimasu

You will get there in about five minutes.

請問台場怎麼去？

すいませんが、お台場(だいば)はどうやって行(い)きますか？

suimasenga, odaiba wa douyatte ikimasuka

Excuse me, how do I get to Odaiba?

這裡是不是觀光局？

ここは観光局(かんこうきょく)ではありませんか？

koko wa kankoukyoku dewa arimasenka

Is this the sightseeing bureau?

請問東京地鐵車站在哪裡？

東京(とうきょう)メトロの駅(えき)はどこにありますか？

tokyo metoro no eki wa doko ni arimasuka

Where is the Tokyo Metro Station?

這裡是什麼路？

この通(とお)りは何通(なにどお)りですか？

kono tooriwa nani doori desuka

What is this road?

可不可以請你畫一張地圖？

地図（ちず）を書（か）いてもらえませんか？

tizu wo kaite morae masenka

Could you draw a map for me?

請問怎麼去東京迪士尼樂園？

すみませんが、東京（とうきょう）ディズニーランドはどうやって行（い）きますか？

sumimasenga, tokyo dyizuniirando wa douyatte ikimasuka

Excuse me, would you please tell me the way to Tokyo Disney Land?

這裡是地圖上的哪裡？

ここは地図（ちず）のどこですか？

koko wa tizu no doko desuka

Where are we on the map?

東京車站在哪裡？

東京駅（とうきょうえき）はどこにありますか？

tokyo eki wa dokoni arimasuka

Where is Tokyo train station?

18 身體不舒服

雖然旅行時遇到身體不舒服是一件挺討厭的事，但人體畢竟不是機器，總難免有些偶發的病痛，這時候該怎麼辦呢？當然得去看醫生囉！

現在的旅遊平安險大多有附加醫療險，目的就是為了讓每個旅客出國時也能得到最好的醫療照顧。雖然有完善的醫療服務，我們還是希望每個人都能快樂出門、平安回家，最好不要遇到這些意外狀況。

你哪裡不舒服？

ちょうし　わる
調子が悪いですか？

tyousi ga warui desuka

Are you sick?

我覺得不是很舒服。

きぶん　わる
気分が悪いです。

kibun ga warui desu

I don't feel well.

我的頭突然痛得很厲害。

とつぜん　あたま　いた　たま
突然、頭が痛くて堪らないです。

totuzen, atama ga itakute tamaranai desu

I suddenly had a serious headache.

我一直拉肚子。

私（わたし）はずっと下痢（げり）しています。

watasi wa zutto geri siteimasu

I have an ongoing stomachache.

我有點感冒。

私（わたし）はちょっと風邪（かぜ）を引（ひ）いています。

watasi wa tyotto kaze wo hiite imasu

I have a little cold.

這幾天一直流鼻水。

ここ何日（なんにち）か、ずっと鼻水（はなみず）が出（で）ます。

kokonanniti ka, zutto hanamizu ga demasu

My nose has been runny lately.

醫院怎麼去呢？

病院（びょういん）へはどうやって行（い）きますか？

byouin e wa dou yatte ikimasuka

How can I get to the hospital?

你好像有點發燒喔！

ちょっと熱(ねつ)があるみたいです。

tyotto netu ga aru mitai desu

You probably have a small fever.

最好去看看醫生。

医者(いしゃ)に行(い)ったほうがいいです。

isya ni itta houga ii desu

You had better see a doctor.

麻煩你，我要掛號。

すみませんが、受付(うけつけ)をお願(ねが)いします。

sumimasenga, uketuke wo onegai simasu

Excuse me, I want to register.

你是不是第一次來看病？

初診(しょしん)ですか？

syosin desuka

Is this your first time at this hospital?

你會不會藥物過敏？

薬（くすり）のアレルギーはありますか？

kusuri no arerugii wa arimasuka

Are you allergic to any medicines?

我先幫你量體溫。

体温（たいおん）を測（はか）ります。

taion wo hakarimasu

Let me take your body temperature first.

是流行性感冒，我先開些特效藥給你。

インフルエンザです。薬（くすり）を出（だ）しておきます。

inhuruenza desu. kusuri wo dasite okimasu

It is influenza. I will prescribe you some medication first.

你要不要打針？

注射（ちゅうしゃ）しますか？

tyuusya simasuka

Do you want to have an injection?

19

遇到麻煩

在擁擠的地方，會有扒手或小偷橫行，他們往往會設法分散你的注意力，偷走你的錢包或手提包，因此錢包要盡量放在視線圍內或貼身放好。如果真的很倒楣，竟然遇到小偷或搶匪，這時千萬別慌張失措喔！一定要先注意自身的安全，錢財雖然很重要，但畢竟是身外物，別在毫無防備的情況下，跟歹徒正面拉扯或起衝突，以免造成更嚴重的傷害。永遠要記得把自己的安全放在第一線考量。

搶劫呀！

強盜(ごうとう)だ！

goutou da

It’s a robbery!

救命呀！

助(たす)けてください。

tasukete kudasai

Help!

有賊啊！捉賊啊！

泥棒(どろぼう)だ！捕(つか)まえろ！

dorobou da! tukamaero!

Thief! Catch him / her!

我的信用卡不見了。

私（わたし）のクレジットカードがなくなりました。

watasi no kurezitto kaado ga nakunari masita

I've lost my credit card.

我的錢包被偷了。

財布（さいふ）が盗（ぬす）まれました。

saihu ga nusumare masita

My wallet was stolen.

那個人搶了我的皮包。

あの人（ひと）が私（わたし）の財布（さいふ）を盗（ぬす）みました。

anohito ga watasi no saihu wo nusumi masita

That person stole my purse.

我的車子在馬路上爆胎了。

私（わたし）の車（くるま）は道路（どうろ）でタイヤがパンクしました。

watasi no kuruma wa douro de taiya ga panku simasita

My tired exploded in the middle of the road.

車子引擎發不動。

エンジンが動(うご)きません。

enzin ga ugokimasen

I can't start the engine.

你的車子現在在哪裡？

お車(くるま)はいまどこにありますか？

okuruma wa ima doko ni arimasuka

Where is your car?

二十分鐘內會派人過去。

二十分(にじっぷん)以内(いない)に修理(しゅうり)に行(い)きます。

nizippun inai ni syuuri ni ikimasu

We'll send somebody over within twenty minutes.

旅遊小叮嚀

向對方求助，例如問路或打聽事情，先說「すみません」，表示「給您造成麻煩」，包含「感謝」的意思。「あの」也相當於「請問」，但沒有前者來得有禮貌。

20

警察局報案

日本的緊急報案電話是110，一定要先記住喔！一般來說，日本算是世界安全旅遊的城市之一。街上甚少發生搶案。無論在白天或晚上都可安心在遊客區閒逛。不過，在人生路不熟的環境，還是要隨時提高警覺，才能確保自己的安全。

我的護照不見了。

わたし
私のパスポートがなくなりました。

watasi no pasupooto ga nakunari masita

I've lost my passport.

我掉了錢包。

わたし　さいふ
私の財布がなくなりました。

watasi no saihu ga nakunari masita

I've lost my wallet.

麻煩幫我報警。

けいさつ　でんわ
警察に電話してください。

keisatu ni den wa site kudasai

Please help me call the police.

最近的警察局在哪裡？

ここから一番近い警察署はどこですか？

kokokara itiban tikai keisatusyo wa doko desuka

Where is the nearest police station?

你的錢包裡面有什麼？

財布の中には何がありますか？

saihu no naka niwa nani ga arimasuka

What is in your wallet?

什麼時候不見的？

いつ、なくなりましたか？

itu, nakunari masitaka

When did you lose it?

麻煩你先填寫這份遺失單。

この用紙に書き込んでください。

kono yousi ni kakikonde kudasai

Please fill in this form first.

錢包在哪裡不見的？

どこで財布（さいふ）をなくしましたか？

doko de saihu wo nakusimasitaka

Where did you lose your wallet?

麻煩你們一定要找到。

必（かなら）ず見（み）つけてください。

kanarazu mitukete kudasai

Be sure to find it, please.

我們一定會盡力的。

最善（さいぜん）の努力（どりょく）を尽（つ）くします。

saizen no doryoku wo tukusimasu

We will do our best.

旅遊小叮嚀

旅行途中，如果發生意外狀況，例如：失竊、車禍時怎麼辦？一定要鎮定，清楚說出自己需要協助，別人才會知道如何幫助你。

輕鬆學日語【現學現用篇】

第5章

陸海空交通工具

到日本旅遊最有趣的事情之一就是可以搭乘各式各樣的交通工具，包括載客量龐大的地鐵、電車、巴士、新幹線、計程車和客輪。方便的大眾運輸系統也是日本旅遊觀光業歷久不衰的主因，每個遊客都可以靠著四通八達的交通網絡，輕易到達想去的地點。

在機場

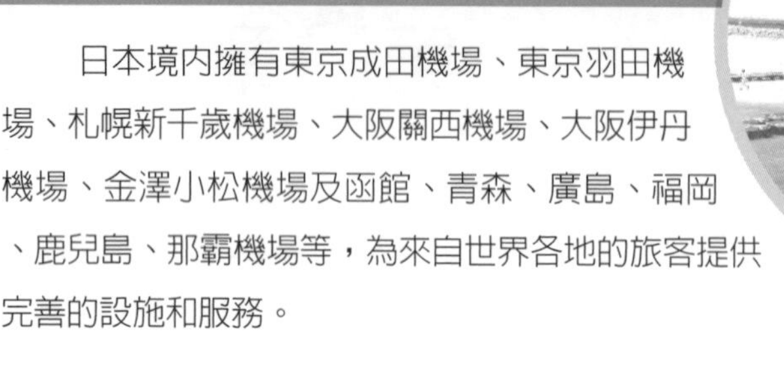

日本境內擁有東京成田機場、東京羽田機場、札幌新千歲機場、大阪關西機場、大阪伊丹機場、金澤小松機場及函館、青森、廣島、福岡、鹿兒島、那霸機場等，為來自世界各地的旅客提供完善的設施和服務。

請給我靠窗的座位。

窓側(まどがわ)の席(せき)をお願(ねが)いします。

madogawa no seki wo onegai simasu

I'd like a window seat, please.

你的護照給我看一下。

パスポートを見(み)せてください。

pasupooto wo misete kudasai

Show me your passport, please.

請問有幾件行李？

お荷物(にもつ)はいくつありますか？

o nimotu wa ikutu arimasuka

How many pieces of luggage do you have?

哪些是你的行李？

お客様(きゃくさま)の荷物(にもつ)はどちらですか？

okyakusama no nimotu wa dotira desuka

Which are your luggages?

有沒有帶違禁品？

禁制品(きんせいひん)は持(も)っていませんか？

kinseihin wa motte imasenka

Are you carrying any contraband goods?

有沒有東西要申報？

ご申告(しんこく)する物(もの)はありませんか？

gosinkokusuru mono wa arimasenka

Do you have anything to declare?

你第幾次來日本？

日本(にほん)に来(く)るのは何回目(なんかいめ)ですか？

nihon ni kurunowa nankaime desuka

How many times have you been to Japan?

請問你會在日本停留多久？

日本(にほん)に何日間滞在(なんにちかんたいざい)しますか？

nihon ni nan nitikan taizai simasuka

How long will you stay in Japan ?

麻煩打開行李我看看。

荷物(にもつ)をあけてください。

nimotu wo akete kudasai.

Please open your luggage for me to check.

你是從哪裡來的？

どちらからですか？

dotirakara desuka

Where are you from?

我是從台灣來的。

台湾(たいわん)からです。

taiwan kara desu

I come from Taiwan.

這個皮箱裡面有什麼？

にもつ　なか　なに

この荷物の中に何がありますか？

kono nimotu no naka ni nani ga arimasuka

What is in your leather case?

這個箱子裡面有我的衣服和書。

にもつ　なか　わたし　ふく　ほん

この荷物の中には私の服と本があります。

kono nimotu no naka niwa watasi no huku to hon ga arimasu

I have some clothes and books in my suitcase.

有沒有回程機票？

かえ

帰りのチケットはありますか？

kaeri no tiketto wa arimasuka

Do you have your return trip ticket?

入境手續在哪裡辦理？

にゅうこくてつづ

どこで入国手続きをしますか？

doko de nyuukoku tetuzuki wo simasuka

Where do I go to register?

搭飛機

雖然飛機票不便宜，不過飛機上的服務也算不錯，有親切有禮的空服員，還有免稅的商品可以買。還有一點要提醒喔！現在很多國際航線的班機都是全面禁煙的，千萬要遵守規定，做個有教養的好客人。

請繫好安全帶。

シートベルトを締(し)めてください。

siito beruto wo simete kudasai

Please fasten your safty belt.

麻煩你，我想要一份入境登記表。

すいません、入国登録票(にゅうこくとうろくひょう)をください。

suimasen, nyuukoku tourokuhyou wo kudasai

Excuse me, I need the Disembarkation Card.

我不會填寫，可不可以教我？

書(か)き方(かた)が分(わ)からないので、教(おし)えてくれませんか？

kakikataga wakaranai node, osiete kuremasenka

I don't know how to fill it in, could you tell me?

請給我枕頭和毯子。

枕(まくら)と毛布(もうふ)をください。

makura to mouhu wo kudasai

Could you give me a pillow and blanket?

這件行李可以放這裡嗎？

この荷物(にもつ)はここに置(お)いてもいいですか？

kononimotu wa kokoni oitemo ii desuka

May I put this luggage here?

先生，要杯咖啡嗎？

コーヒーはいかがですか？

koohii wa ikaga desuka

Sir, would you like some coffee?

要不要奶精和糖呢？

ミルクと砂糖(さとう)はいりますか？

miruku to satou wa irimasuka

Milk and sugar?

飛機上是不是全部禁煙？

ひこうき　なか　ぜんめんきんえん
飛行機の中は全面禁煙ですか？

hikouki no naka wa zenmen kin en desuka

Is this a non-smoking flight?

我想要一份報紙。

しんぶん　いちぶ
新聞を一部ください。

sinbun wo itibu kudasai

May I have a newspaper?

你要不要耳機？

イヤホンはいりませんか？

iyahon wa irimasenka

Do you need the earphones?

你要喝點什麼？

の
お飲みものはいかがですか？

onomimono wa ikaga desuka

Can I get you something to drink?

請給我一杯酒。

ワインをください。

wain wo kudasai

Please give me a glass of wine.

請問你要吃牛肉還是魚肉的餐點？

ビーフと魚(さかな)とどちらがよろしいですか？

biihu to sakana to dotira ga yorosii desuka

Would you like the beef or the fish meal?

你是否會講國語？

中国語(ちゅうごくご)が出来(でき)ますか？

tyuugokukugo ga deki masuka?

Can you speak Chinese?

祝你旅途愉快。

いい旅(たび)を。

ii tabi wo

Have a nice trip.

往來機場和飯店

成田機場特快是由東京城內開往成田機場的直達特別快車，東京城內的起點和停靠站有池袋、新宿、東京、八王子；京成電鐵Skyliner是由東京開往成田機場第一候機樓和第二候機樓的直達特快電車，起點為上野站，中間只停日暮里一站。以上車種均為全程對號入座。

到飯店的機場巴士站在哪裡呢？

ホテルまでの空港専用(くうこうせんよう)バスはどこですか？

hoteru made no kuukou sen you basu wa doko desuka

Where is the bus stop of the airbus that will take me directly to the hotel?

請問去機場要怎樣坐車？

何(なに)で空港(くうこう)へ行(い)けますか？

nani de kuukou e ike masuka

How can I get to the airport?

到對面馬路坐機場巴士就到了。

向(む)こうから空港専用(くうこうせんよう)バスで行(い)けます。

mukou kara kuukou sen you basu de ike masu

Go across the road, and take the airbus.

坐巴士到機場要多久？

バスで空港（くうこう）までどのくらい時間（じかん）がかかりますか？

basu de kuukou made dono kurai zikan ga kakari masuka

How long does it take to get to the airport by bus?

到機場的車資要多少錢？

空港（くうこう）までいくらですか？

kuukou made ikura desuka

How much is the fare to the airport?

到成田機場的電車幾點開？

成田空港（なりたくうこう）までの電車（でんしゃ）は何時発（なんじはつ）ですか？

narita kuukou made no densya wa nanzihatu desuka

When does the tram to Tokyo International Airport start?

你可以搭機場巴士去機場。

空港専用（くうこうせんよう）バスで空港（くうこう）へ行（い）けます。

kuukou sen you basu de kuukou e ikemasu

You can get to airport by the airbus.

24 搭地鐵

第一條東京地鐵(Tokyo Metro)的銀座線修建於1927年，目前東京總共有十二條地鐵線在營運，其中由東京Metro公司經營的線路有八條，由東京都政府經營的都營地鐵有四條，包括採用最新磁懸浮技術的都營大江戶線，東京地鐵的營運線路已超過二百八十公里。

每條日本地鐵線路都有指定的醒目標誌顏色，只要記住各條線的標誌色，便可順利地完成換乘。東京地鐵車站都有免費的地鐵線路圖和時刻表，隨身攜帶，便可放心漫遊東京。

搭過東京地鐵了嗎？

地下鉄に乗ったことがありますか？

tikatetu ni notta koto ga arimasuka

Have you ever taken the Tokyo Metro?

這附近有沒有地鐵站？

この近くに地下鉄の駅がありますか？

kono tikaku ni tikatetuno eki ga arimasuka

Is there an Tokyo Metro station nearby?

請問售票處在哪裡？

切符(きっぷ)売(う)り場(ば)はどこにありますか？

kippu uriba wa doko ni arimasuka

Where is the ticket office?

可以搭地鐵或公車去淺草。

地下鉄(ちかてつ)かバスで浅草(あさくさ)へ行(い)けます。

tikatetu ka basu de asakusa e ikemasu

You can take the MTR or bus to Asakusa.

到銀座要多少錢？

銀座(ぎんざ)までいくらですか？

ginza made ikura desuka

How much does it cost to get to Ginza?

山手線在幾號月台？

山手線(やまのてせん)のホームは何番線(なんばんせん)ですか？

yamanotesen no hoomu wa nanbansen desuka

Which platform is for Yamanote Line?

新宿線的月台在哪裡？

しんじゅくせん　なんばんせん

新宿線のホームは何番線ですか？

shinjukusen no hoomu wa nanbansen desuka

Where is the platform for Shinjiku Line?

一張去涉谷的車票。

しぶや　きっぷ　いちまい

渋谷まで切符を一枚ください。

shibuya made kippu wo itimai kudasai

I need a ticket to Sibuya, please.

搭地鐵要不要轉車呢？

ちかてつ　の　か　ひつよう

地下鉄の乗り換えが必要ですか？

tikatetu no norikae ga hituyou desuka

Will I have to change trains by taking MTR?

麻煩到站時叫我一下。

つ　おし

着いたら、教えてください。

tuitara, osietekudasai

Please tell me when we arrive at the station.

搭巴士

東京的巴士猶如遍佈市內的網，在電車沒有停靠站的地方，一般巴士都會停，但是巴士的停靠站不如電車站醒目，車內的路線介紹也不容易明白，對不會說日語的遊客來說，或許會有些困難。日本的巴士既沒有售票員也沒有車票，在駕駛座旁有投幣式售票機，將準備好的零錢直接投入即可，最好事先準備零錢。根據巴士公司的規定不同，有上車付費和下車付費兩種形式。

你坐公車去會比較快。

バスのほうが早(はや)いです。

basu no houga hayai desu

It will be faster to go there by bus.

搭公車要多久呢？

バスでどのくらい時間(じかん)がかかりますか？

basu de dono kurai zikan ga kakari masuka

How long will it take to go there by bus?

下一班車幾點會到？

次(つぎ)のバスはいつ来(き)ますか？

tugi no basu wa itu kimasuka

What time does the next bus arrive?

就決定坐這班車吧！

このバスにしましょう！

kono basu ni simasyou

Let's just take this bus.

要買多少錢的車票？

運賃(うんちん)はいくらですか？

untin wa ikura desuka

How much should I pay for the ticket?

如果從新宿出發，要二百元。

新宿発(しんじゅくはつ)なら二百円(にひゃくえん)です。

shinjuku hatu nara nihyakuen desu

It costs two hundred yens from Shinjiku.

這班公車有沒有到東京鐵塔？

このバスは東京(とうきょう)タワーへ行(い)きますか？

kono basu wa tokyo tawaa e iki masuka

Does this bus go to Tokyo Tower?

這班公車去不去上野？

このバスは上野（うえの）へ行（い）きますか？

kono basu wa ueno e iki masuka

Does this bus go to Ueno?

這班公車去哪裡？

このバスはどこへ行（い）きますか？

kono basu wa doko e iki masuka

Where does this bus go?

公車上不准抽煙。

バスの中（なか）は禁煙（きんえん）です。

basu no naka wa kin en desu

This is a non-smoking bus.

麻煩你到站的時候叫我下車。

着（つ）いたら、教（おし）えてください。

tuitara osiete kudasai

Please remind me to get off upon arrival.

搭計程車

東京的計程車車輛多、服務好，但價格不菲。在東京市內，根據車型大小，乘車起價一般為580日圓、600日圓、660日圓不等。在地鐵車站或酒店等處都有指定的計程車乘車處，在街上行駛的空車，只要招手便會停車。計程車車内均安裝有計程表，計價清晰明瞭。

招輛計程車。

タクシーを呼びましょう。

takusii wo yobi masyou

Let’s hail a taxi.

請上車。

乗ってください。

notte kudasai

Get on, please.

請問你們要去哪裡？

どこへ行きますか？

doko e ikimasuka

Where are you headed to?

麻煩到六本木。

六本木(ろっぽんぎ)までお願(ねが)いします。

roppongi made onegai simasu

Ropongi, please.

請問六本木之丘離這裡有多遠？

六本木(ろっぽんぎ)ヒルズまで遠(とお)いですか？

roppongi hiruzu made tooi desuka

How far is it from here to Ropongi Hills?

不是很遠，大概十五分鐘車程。

遠(とお)くないです。タクシーで大体(だいたい)十(じゅう)五分(ごふん)くらいです。

tooku nai desu. takusii de daitai zyugohun kurai desu

Not too far. About fifteen minutes by taxi.

我想在這裡下車。

ここで降(お)ります。

koko de orimasu

I want to get off here.

我想把行李放在後車廂。

トランク（に）荷物（にもつ）を入（い）れたいです。

toranku ni nimotu wo iretai desu

I want to put my luggage in the trunk.

不塞車的話，要半個鐘頭。

渋滞（じゅうたい）しなければ、三十分（さんじっぷん）くらいかかります。

zyuutai sinakereba, sanzippun kurai kakarimasu

If there is no traffic, it should take half an hour.

你們覺得東京如何？

東京（とうきょう）はどうですか？

tokyo wa dou desuka

What do you think about Tokyo?

東京人多車多。

東京（とうきょう）は人（ひと）も車（くるま）も多（おお）いです。

tokyo wa hito mo kuruma mo ooi desu

There are so many people and cars in Tokyo.

27 搭客輪

日本四面環海，海上交通發達，乘坐客輪將是舒適和充滿歡樂的精彩之旅。眺望蔚藍的大海，聽海浪自然的聲響，船內客艙提供寬擴的私人空間，遊客可悠然自得地度過奢華的海上時光。短暫而優雅的海上之旅，可給人難得的體驗與感受。

這艘船是不是要去台場呀？

ふね　おだいば　い

この船は御台場へ行きますか？

kono hune wa odaiba e iki masuka

Does this ship go to Odaiba?

我想搭水上巴士。

すいじょう　の

水上バスに乗りたいです。

suijou basu ni noritai desu

I want to take the Suijobus.

搭水上巴士的來回票要多少錢？

すいじょう　おうふく

水上バスの往復チケットはいくらですか？

suijou basu no oohuku tiketto wa ikura desuka

How much is a round-trip ticket on the Suijobus?

去函館的船是不是在這邊搭呀？

函館(はこだて)行(ゆ)きの船(ふね)はここで乗(の)りますか？

hakodate yuki no hune wa koko de nori masuka

Where do I take the ship to get to Hakodate?

回程的船在幾點呢？

帰(かえ)りの船(ふね)は何時(なんじ)ですか？

kaeri no hune wa nanzi desuka

What time will the returned ship be able to start?

去函館的船要搭多久呢？

船(ふね)で函館(はこだて)へ行(ゆ)くには、どのくらい時間(じかん)がかかりますか？

hune de hakodate e yukuniwa, donokurai zikan ga kakarimasuka

How long does it take to go to Hakodate by ship?

大概二十分鐘。

大体(だいたい)二十分(にじっぷん)くらいです。

daitai nizippun kurai desu

About twenty minutes.

搭新幹線

28

新幹線時速雖無法與飛機相比，但在陸地上算是速度最快的交通工具。新幹線以東京車站為中心開往日本全國各地。新幹線自1964年開發成功以來，車速不斷提高，目前700型車輛已達到時速二百七十公里，且車輛有多種型號，快速、平穩、安靜、舒適，如有機會，應乘座不同車型，體驗世界最快的交通系統。

請問新幹線的車票要在哪裡買？

しんかんせん　きっぷ　か

新幹線の切符はどこで買えますか？

shinkansen no kippu wa dokode kaemasuka

Excuse me. Where can I buy a ticket for the shinkansen?

JR站的綠色窗口或車站內的自動售票機都可以購買。

えき　みどり　まどぐち　えき　じどうけんばいき　か

JRの駅の緑の窓口か、駅の自動券売機で買えます。

JR no eki no midorino madoguti ka, ekino zidoukenbaiki de kaemasu

You can buy a ticket at the green window or the vending machines inside the JR station.

我想到長野，請問應該搭乘哪一條新幹線？

長野(ながの)へ行(い)きたいんですが、何線(なにせん)で行(い)けますか？

nagano e ikitaindesuga, nanisen de ikemasuka

I'll go to Nagano, Which line of shinkansen should I take?

你可以搭乘長野新幹線的淺間號。

長野(ながの)までは浅間号(あさまごう)で行(い)けます。

nagano madewa asamagou de ikemasu

You can take the Asama of the Nagano shinkansen.

新幹線的車票是對號入座的嗎？

新幹線(しんかんせん)の切符(きっぷ)は指定席(していせき)ですか？

sinkansen no kippu wa siteiseki desuka

Does the ticket for the shinkansen have a seat number?

指定席車票上有座位號碼，需依指定的座位；如果購買自由席車票，只要自由席車廂內有空位，就可以自由入座。

指定席の切符には席の番号があるので、その席に座らなければいけません。自由席の切符の場合は、自由席の車両に空いている席があれば、自由に座れます。

siteiseki no kippu niwa seki no bangou ga arunode , sono seki ni suwaranakereba ikemasen. ziyuuseki no kippu no baai wa, ziyuuseki no syaryou ni aiteiru seki ga areba, ziyuu ni suwaremasu

The ticket for a reserved seat has a seat number, and you must sit on the assigned seat. If you buy a ticket for a non-reserved seat, you can sit on any vacant seat.

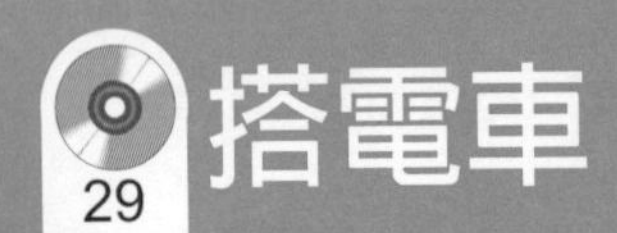

29 搭電車

電車是在東京市內主要的交通工具。東京、新宿、涉谷、池袋、上野分別位於JR山手線（環城線電車）上的五大樞紐換乘站。一般搭乘JR電車、地鐵、私人鐵路，便可前往市內絕大多數的目的地，不少東京電車地鐵站的出口都和地下商店街、百貨商店、辦公大樓或飯店相通，即使刮風下雨，也不礙事。

可不可以搭電車去？

電車(でんしゃ)で行(い)けますか？

densya de ike masuka

Can we go there by streetcar?

搭電車大概要多久？

電車(でんしゃ)でどのくらい時間(じかん)がかかりますか？

densya de dono kurai zikan ga kakari masuka

How long does it take to go there by streetcar?

大概要坐一個鐘頭。

大体一時間(だいたいいちじかん)くらいです。

daitai itizikan kurai desu

It takes about one hour.

是不是哪裡下車都是一樣的車資呢？

どこで降(お)りても料金(りょうきん)は同(おな)じですか？

dokode oritemo ryoukin wa onazi desuka

Is the car fare the same no matter where we get off?

電車車站在哪裡呢？

電車(でんしゃ)の駅(えき)はどこにありますか？

densya no eki wa doko ni arimasuka

Where is the tram stop?

租車

外國人在日本駕駛汽車必須持有國際駕駛執照或在日本取得日本的駕駛執照。旅遊者要事先在自己的國家拿到國際駕駛執照。租車手續在機場內租車公司櫃台、旅行社窗口、大城市酒店大廳或市內租車公司的營業所等地均可辦理。

請問在哪裡可以租車？

すみません、どこで車がレンタルできますか？

sumimasen, dokode kuruma ga rentaru dekimasuka

Where can I rent a car?

請問租車的收費如何計算？

レンタル料金はどうやって計算しますか。

rentaru ryoukin wa douyatte keisan simasuka

How do you charge for renting a car?

我想租一輛豐田汽車，租三天。

私はトヨタの車を三日間レンタルしたいです。

watasi wa Toyota no kuruma wo mikkakan rentaru sitai desu

I want to rent a Toyota car for three days.

請將您的駕照讓我登記一下。

うんてんめんきょしょう　とうろく
運転免許証を登録させてください。

unten menkyosyou wo touroku sasete kudasai

May I have your driver's licence?

我要去京都，能不能給我一張高速公路路線圖？

きょうと　い　こうそくどうろちず
京都へ行きたいんですが、高速道路地図をいただけませんか？

kyoto e ikitaindesuga, kousokudouro tizu wo itadakemasenka

I'll go to Kyoto. Would you please give me a highway route map?

從東京到大阪開車大概要多久？

とうきょう　おおさか　くるま　じかん　か
東京から大阪まで車でどのぐらい時間が掛かりますか？

tokyo kara oosaka made kuruma de donogurai zikan ga kakarimasuka

How long will take for driving from Tokyo to Osaka?

輕鬆學日語【現學現用篇】

第6章

舒適休息住飯店

日本的住宿飯店大致可分為都市酒店、商務酒店、度假酒店、溫泉旅館（日式）、普通旅館、民宿、公寓式酒店等不同形態。日本飯店至今未採用世界通行的星級制，除國際著名飯店集團經營者之外，一般是按投資規模、設施、服務、知名度及營運公司的名氣來劃分，並住宿客人的口碑為基準，分為高級飯店或一般飯店。

預約訂房

預訂飯店除了要考慮價格以外，最好還能配合交通及旅遊的行程，以免花費太多時間及金錢在交通上。許多航空公司都有推出機票加酒店的優惠旅遊行程，仔細核算下來，還算挺划得來的。如果你想嘗試自己訂飯店，不妨上網查詢，網路上有提供各家飯店的房價及設施介紹，可以多方評比，再選出最適合你的住宿飯店。

這裡是不是假日飯店？

このホテルはホリデイインホテルですか？

kono hoteru wa horidei in hoteru desuka

Is this the Holiday Inn Hotel?

請問有沒有空房間？

部屋(へや)がありますか？

heya ga arimasuka

Do you have any rooms available?

請問你要怎樣的房間？

どんな部屋(へや)がよろしいですか？

donna heya ga yorosii desuka

What kind of room do you want?

我想訂一間雙人房。

ダブル・ルームを予約（よやく）したいです。

daburu ruumu wo yoyaku sitai desu

I would like to make a reservation for a double room.

你要訂幾天呢？

何日間予約（なんにちかんよやく）しますか？

nannitikan yoyaku simasuka

How many days do you want to reserve?

我想預約明天的房間。

明日（あした）の部屋（へや）を予約（よやく）したいです。

asita no heya wo yoyaku sitai desu

I would like to reserve a room for tomorrow.

大約下午兩點會到。

午後二時（ごごにじ）ごろに着（つ）きます。

gogo nizi goro ni tuki masu

I'll arrive at about 2:00 p.m.

打算住幾個晚上？

なんぱく　と
何泊お泊まりですか？

nanpaku otomari desuka

How many days do you plan on staying?

預訂一個星期。

いっしゅうかんよやく
一週間予約します。

issyuukan yoyaku simasu

I plan on staying a week.

單人房住一個晚上多少錢？

いっぱく
シングル・ルームで一泊はいくらですか？

singuru ruumu de ippaku wa ikura desuka

How much is a single room?

來之前先辦理住宿登記。

く　まえ　しゅくはくとうろく
来る前に宿泊登録をしてください。

kurumae ni syukuhaku touroku wo site kudasai

Please register first before coming.

房間裡面有沒有浴室？

部屋の中にバスルームがありますか？

heyano naka ni basu ruumu ga arimasuka

Does the room have a bathroom?

請問有沒有雙人房？

ダブルの部屋はありますか？

daburu no heya wa arimasuka

Do you have any double rooms available?

有，你要不要預約？

あります。予約しますか？

arimasu. yoyaku simasuka

Yes, would you like to make a reservation?

我打算逗留兩天。

私は二泊します。

watasi wa nihaku simasu

I plan on staying two days.

住宿登記

日本飯店提供許多貼心的服務，例如：只要預先打電話給飯店服務人員，並確認需要接送服務，在到達鄰近車站時，飯店的接送人員就會來迎接你了。日本人是個很重視禮儀的民族，住宿飯店時要注意不要因為過度興奮而大聲喧嘩，否則可是會引人側目的喔！

我是用網路訂房的陳大華。

インターネットで予約（よやく）した陳大華（ちんだいか）です。

intaanetto de yoyaku sita tindaika desu

I am Chen Da Hua. I have made a room reservation on the internet.

我想登記住宿。

予約（よやく）したいんですが。

yoyaku sitaindesuga

I would like to register.

我們之前已經預約房間了。

もう予約（よやく）してあります。

mou yoyaku site arimasu

We have made a room reservation in advance.

麻煩你先填這份表格。

この用紙(ようし)にご記入(きにゅう)ください。

kono yousi ni gokinyuu kudasai

Please fill in the form first.

請給我看看你的護照。

パスポートを見(み)せてください。

pasupooto wo misete kudasai

Please show me your passport.

這樣就可以了，謝謝你。

けっこうです。どうもありがとうございます。

kekkou desu. doumo arigatou gozaimasu

This is fine. Thank you.

你們要住多久呢？

何泊(なんぱく)なさいますか？

nanpaku nasai masuka

How long do you plan on staying?

你的房間是588號。

お部屋(へや)は５８８号室(ごはちはちごうしつ)でございます。

o heya wa go hati hati gou situ de gozaimasu

Your room number is five-eight-eight.

這是你的房間鑰匙。

これはお部屋(へや)の鍵(かぎ)です。

kore wa o heya no kagi desu

This is your room key.

請問要不要用餐？

お食事(しょくじ)しませんか？

o syokuzi simasenka

Do you want to have a meal?

我幫你把行李拿進來。

お荷物(にもつ)を部屋(へや)までお持(も)ちします。

onimotu wo heya made omoti simasu

Let me help you bring in the luggage.

請安排一間景觀比較好的房間。

けしき　へや　ようい
景色がいい部屋を用意してください。

kesiki ga ii heya wo youi site kudasai

Please arrange a room with a better view.

服務生會帶你去房間。

かかり　もの　へや　ごあんない
係の者がお部屋まで御案内します。

kakari no mono ga oheya made go annai simasu

The bell boy will take you to your room.

吃早餐的餐廳在幾樓？

あさ　はん　なんかい
朝ご飯のレストランは何階にありますか？

asagohan no resutoran wa nankai ni arimasuka

On which floor do we eat breakfast?

這間飯店有沒有西餐廳？

ようしょく
このホテルに洋食のレストランはありませんか？

kono hoteru ni yousyoku no resutoran wa arimasenka

Do you have a western-style restaurant here in the hotel?

33

享受飯店服務

多數飯店提供的設施，包括冰箱、彩色電視、日式浴衣、浴巾、熱水瓶、泡茶用具及茶點等，服務項目則有餐飲、國際電話、傳真及當地及國際郵寄服務、保險箱服務、旅遊行程安排（訂票及確認）及飯店接送服務等。

飯店可不可以兌換錢幣？

ホテルで両替出来ますか？（りょうがえ　でき）

hoteru de ryougae deki masuka

Can we exchange money here in the hotel?

麻煩你幫我留言。

メッセージをお願いします。（ねが）

messeezi wo onegai simasu

Please help me leave a message.

請問泡溫泉是免費的嗎？

温泉は無料ですか？（おんせん　むりょう）

on sen wa muryou desuka

Does it cost money to use the hot spring?

我想借用一下網球場。

テニスコートを使(つか)いたいんですが。

tenisu kooto wo tukaitaindesu ga

I want to use the tennis court.

我們想將貴重物品寄放在飯店的保險箱。

貴重品(きちょうひん)をホテルの金庫(きんこ)に預(あず)けたいんですが。

kityouhin wo hoteru no kinko ni azuketaindesu ga

We want to put our valuables in the hotel safe.

好的，我幫你辦手續。

はい、手続(てつづ)きをいたします。

hai, tetuzuki wo itasimasu

Okay, I will take care of it for you.

我想要取回寄放的物品。

預(あず)けたものを返(かえ)してほしいんですが。

azuketa mono wo kaesite hosiindesuga

I would like to take back my entrusted goods.

我想打國際長途電話到台灣。

たいわん　こくさいでんわ
台湾まで国際電話をかけたいんですが。

taiwan made kokusai den wa wo kaketaindesu ga

I want to make an international call to Taiwan.

我想暫時存放行李。

にもつ　あず
荷物を預けたいんですが。

nimotu wo azuketaindesu ga

I want to leave my luggage here for a short while.

我想預約做美容。

かお　よやく
顔マッサージを予約したいんですが。

kao massaazi wo yoyaku sitaindesu ga

I want to make an appointment for a facial.

旅遊小叮嚀

有效利用飯店的各項設施，會讓旅遊更增添色彩，飯店的設備及服務項目，大多詳細寫在飯店簡介裡，若有任何需要，可以打內線電話到飯店櫃臺洽詢。

34

客房服務（詢問）

日本溫泉旅館或日本溫泉酒店是日本獨有的一種住宿設施，一般位於日本各地的溫泉鄉或旅遊度假區內，客房多為日式草席「榻榻米(Tatami)」的日式客房，極具日本風格，充滿異國情調。日本溫泉旅館有時也配有少數西式客房或日式與西式相結合的客房（和洋室）。

請幫我接櫃台。

フロントにつなげて下(くだ)さい。

huronto ni tunagete kudasai

Please help me connect to the front desk.

請問你們要客房服務嗎？

ルーム・サービスが必要(ひつよう)ですか？

ruumu saabisu ga hituyou desuka

Do you want room service?

麻煩給我morning call。

モーニングコールをお願(ねが)いします。

mooningu kooru wo onegai simasu

Please give me a morning call.

我想要一條毛巾。

タオルを一枚（いちまい）ください。

taoru wo itimai kudasai

I want a towel.

請再多給我一個枕頭。

もうひとつ枕（まくら）をください。

mou hitotu makura wo kudasai

Please give me one more pillow.

可不可以幫我換個房間？

部屋（へや）を替（か）えて欲（ほ）しいんですが。

heya wo kaete hosiindesu ga

Can you help me change rooms?

我不小心把鑰匙忘在房間了。

カギを部屋（へや）に置（お）き忘（わす）れてしまったんですが。

kagi wo heya ni okiwasurete simattandesu ga

I accidentally left the key in the room.

請幫我打掃一下房間。

部屋を掃除してください。

heya wo souzi site kudasai

Please clean the room for me.

請幫我換床單。

シーツを交換してください。

siitu wo koukan sitekudasai

Please change my bed sheet for me.

請給我一份三明治和一瓶啤酒。

サンドイッチをひとつと、ビールを一本ください。

sandoitti wo hitotu to, biiru wo ippon kudasai

Please give me a sandwhich and a bottle of beer.

想拜託你們洗一下衣服。

洗濯してください。

sentaku site kudasai

Please wash the clothes.

我想在房間裡吃早餐。

部屋の中で朝食をとりたいんですが。
（へや　なか　ちょうしょく）

heya no naka de tyousyoku wo toritaindesu ga

I want to eat breakfast in the room.

客房服務（抱怨）

日本溫泉旅館的餐廳會為客人準備純日式料理，可在餐廳或客房內用餐。溫泉浴是最主要的設施，旅館內設有溫泉浴池和露天溫泉浴，有些在客房內還設有露天溫泉。溫泉浴不僅是洗浴設施，還具有輔助療效，溫泉還講究借景，洗溫泉可同時欣賞自然美景。

空調太吵了，睡不著。

エアコンがうるさくて、寝(ね)られないです。

eakon ga urusakute nerarenai desu

The air conditioner is so noisy, I can’t sleep.

房間太冷了。

部屋(へや)が寒(さむ)すぎます。

heya ga samusugi masu

The room is too cold.

房間沒有浴巾。

部屋(へや)にタオルがありません。

heya ni taoru ga arimasen

There are no towels in the room.

這個冰箱壞掉了。

れいぞうこ　こわ

冷蔵庫が壊れました。

reizouko ga koware masita

The refrigerator is out of order.

這個電視機壞掉了。

こわ

テレビが壊れました。

terebi ga koware masita

The television is out of order.

沒有熱水出來。

ゆ　で

お湯が出てきません。

oyu ga dete kimasen

There is no hot water.

看不到電視。

み

テレビが見られません。

terebi ga miraremasen

The TV isn't working.

無法淋浴。

シャワーが使えません。

syawaa ga tukaemasen

I am unable to take a shower.

無法鎖門。

ドアが閉まりません。

doa ga simarimasen

I can't lock the door.

冷氣故障了。

エアコンが壊れました。

eakon ga koware masita

The air conditioner is out of order.

旅遊小叮嚀

抵達飯店先check in，請先將護照交給櫃臺登記，並填寫住宿登記卡，接著確認要住宿的房間種類、價格及住宿天數。此外，最好先問清楚退房時間，以免過時退房在住宿費用上引起糾紛。

退房

日本飯店接受客人預訂後，要為客人準備房間和膳食等，如客人無故不入住也不提前通知，將會對飯店造成時間和經濟上的損失。發生這種現象將會有損臺灣客人的形象，導致其他臺灣遊客訂房困難，因此預訂客房後，如行程發生變化，請務必提前通知飯店。

麻煩我要退房。

チェックアウトをお願(ねが)いします。

tyekku auto wo onegai simasu

I would like to check out.

你的行李都拿齊了嗎？

忘(わす)れ物(もの)はありませんか？

wasure mono wa arimasenka

Have you taken all of your luggage?

房間還有一件行李，我想請你們幫我拿下來。

部屋(へや)の中(なか)にもうひとつ荷物(にもつ)があるので、持(も)ってきてください。

heyano naka ni mou hitotu nimotu ga aru node, motte kite kudasai.

There is one piece of luggage in the room, please help me take it down.

請問必須在幾點前退房？

すいません、チェックアウトは何時(なんじ)までですか？

suimasen, tyekku auto wa nanzi made desuka

Excuse me, what time should we check out?

你要付現金還是刷卡？

現金(げんきん)とカードのどちらになさいますか？

genkin to kaado no dotira ni nasaimasuka

Do you want to pay in cash or by credit card?

有沒有喝冰箱的飲料？

冷蔵庫(れいぞうこ)の中(なか)の飲(の)み物(もの)を飲(の)みましたか？

reizouko no naka no nomimono wo nomi masitaka

Did you drink anything from the refrigerator?

我喝了一罐可樂。

コーラを一本(いっぽん)飲(の)みました。

koora wo ippon nomimasita

I drank a Coke.

請給我開一張收據。

レシートをください。

resiito wo kudasai.

Please give me a receipt.

禮品店在哪裡？

御土産(おみやげ)の店(みせ)はどこにありますか？

omiyage no mise wa doko ni arimasuka

Where is the gift shop?

期待您下次光臨。

またのお越(こ)しをお待(ま)ちしております。

mata no okosi wo omatisite orimasu

We are looking forward to your next visit.

輕鬆學日語【現學現用篇】

第7章

吃香喝辣美食通

日本料理的多樣化名聞世界，會席料理、壽司、生魚片、天婦羅、雞肉串燒、牛肉火鍋、日式甜點、拉麵、鰻魚飯等，用餐氣氛與菜式選擇各具特色，任何時候都會有意想不到的感動與驚喜。趕快擬好美食旅遊計畫吧！相信你的口腹之慾已經開始蠢蠢欲動了。

37

吃壽司

壽司(SUSHI)是日本最具代表性的料理之一，種類很多，有鮪魚壽司、鯛魚壽司、竹夾魚壽司、鯖魚壽司、甜蝦壽司、海膽壽司、章魚壽司、海蟹壽司、鮭魚卵壽司、雞蛋壽司等。壽司以米飯、米醋及生魚、生蝦、海膽、魚卵等海鮮為材料，在蒸好的米飯中加入米醋，拌勻後用手捏成長型小飯糰，再將海鮮料放在米飯上，在米飯和海鮮中間抹上一點芥茉即可。

我想找一家好的壽司餐廳。

わたし　すしや　さが

私はいい寿司屋を捜したいです。

watasi wa ii sushiya wo sagasitai desu

I am looking for a good sushi restaurant.

請問有幾個人？

なんめいさま

何名様ですか？

nanmei sama desuka

How many people are there?

這邊請。

こちらへどうぞ。

kotira e douzo

This way, please.

午安，要吃什麼？

こんにちは。何（なに）がよろしいですか？

konnitiwa. nani ga yorosii desuka

Good afternoon. What would you like to eat?

請給我鮪魚壽司，謝謝！

鮪（まぐろ）寿司（ずし）をください。

maguro zushi wo kudasai

I would like a tuna sushi, thank you.

旅遊小叮嚀

看電影、買車票、到餐廳點菜……最簡單的說法就是在單字後面加上「～をください」。購物時，只要在想買的東西後面加上「～がほしく」，店員就會把東西拿給你看了。

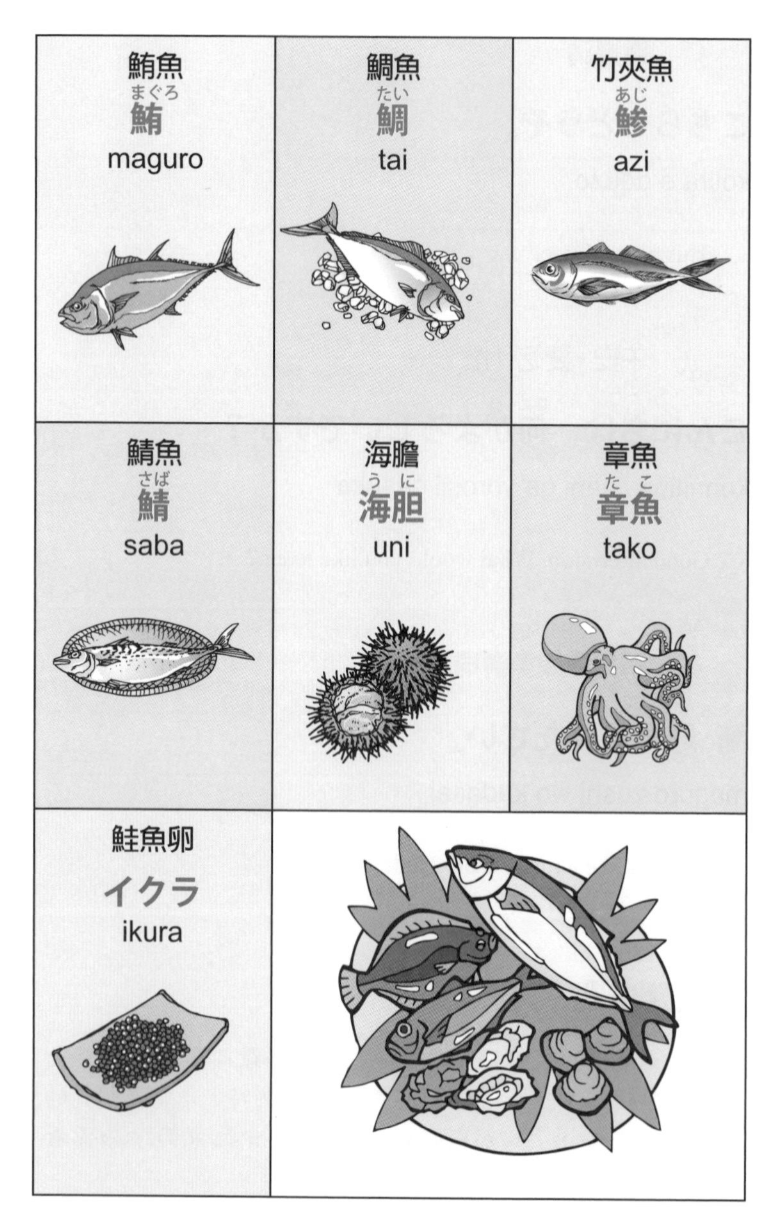
鮪魚
まぐろ
鮪
maguro
鯛魚
たい
鯛
tai
竹夾魚
あじ
鯵
azi
鯖魚
さば
鯖
saba
海膽
うに
海胆
uni
章魚
たこ
章魚
tako
鮭魚卵
イクラ
ikura

要點什麼點心？

どんな点心(てんしん)がよろしいですか？

donna tensin ga yorosii desuka

Would you like some appetizers?

可不可以推薦一下這裡有什麼好吃的？

お勧(すす)めは何(なん)ですか？

osusume wa nandesuka

Can you recommend something that's good?

想吃什麼可以自己點。

好(す)きなものを取(と)ってください。

sukina mono wo totte kudasai

You can order whatever you want.

這間壽司餐廳的東西很便宜。

この寿司屋(すしや)は安(やす)いです。

kono sushiya wa yasui desu

The food in the sushi restaurant is cheap.

這裡的壽司很有名。

ここの寿司(すし)はとても有名(ゆうめい)です。

koko no sushi wa totemo yuumei desu

The sushi here are famous.

這裡什麼點心好吃？

この店(みせ)は何(なん)の点心(てんしん)が美味(おい)しいですか？

kono mise wa nan no tensin ga oisii desuka

Which appetizers here are good?

我想吃壽司。

私(わたし)は寿司(すし)が食(た)べたいです。

watasi wa sushi ga tabetai desu

I would like to eat sushi.

我們點什錦壽司吧！

五目(ごもく)ずしにしましょう。

gomoku zushi ni simasyou

We would like an order of the assortment sushi.

點那麼多吃不完。

ちゅうもん　す　　　　　た
注文し過ぎたら、食べきれないです。

tyuumon sisugitara, tabekirenai desu

If we order too much, we won't be able to finish our food.

為什麼日本人那麼喜歡吃壽司？

にほんじん　　すし　す
どうして、日本人はお寿司が好きなんですか？

dousite, nihonzin wa osushi ga suki nandesuka

Why Japanese like sushi so much?

因為日本人喜歡生鮮的海鮮類食物。

にほんじん　なま　かいせんりょうり　す
日本人は生の海鮮 料 理が好きです。

nihonzin wa nama no kaisenryouri ga suki desu

Because Japanese like the fresh seafood.

38

到餐廳

當你走進一家餐廳，也許第一印象會先注意到精緻的裝潢，但美味的食物端上桌之後，才是真正讓你感動的開始，各家餐廳的大廚們秉持著「以客為尊」的精神，不斷研發出創意菜色，讓每位遠道而來的遊客，用餐時間都能帶著飽足與滿意的笑容，日後還會念念不忘美食難忘的滋味。

請問這附近有沒有餐廳？

この近(ちか)くに、レストランはありませんか？

kono tikaku ni resutoran wa arimasenka

Are there any restaurants near here?

去哪裡吃東西好呢？

どこで美味(おい)しいものを食(た)べられますか？

doko de oisiimono wo teberare masuka

Where shall we eat?

聽說這裡附近有一間正宗的台式餐廳。

この近(ちか)くに、台湾料理(たいわんりょうり)のレストランがあるそうです。

konotikaku ni taiwanryouri no resutoran ga aru soudesu

I heard that there is a genuine Taiwan style restaurant nearby.

你中午有沒有空？

お昼（ひる）、時間（じかん）がありますか？

ohiru, zikan ga arimasuka

Are you free at noon?

一起去吃涮涮鍋吧！

一緒（いっしょ）にしゃぶしゃぶを食（た）べにいきましょう。

issyoni syabusyabu wo tabe ni ikimasyou

Let's eat shabu-shabu together!

我想試試這裡的牛肉壽喜燒。

私（わたし）はすき焼（やき）を食（た）べてみたいです。

watasi wa sukiyaki wo tabetemitai desu

I would like the Sukiyaki.

我要一碗咖喱飯。

カレーライスをください。

kareeraisu wo kudasai

I would like a bowel of curry rice.

我只想吃青菜。

野菜（やさい）だけ食（た）べたいです。

yasai dake tabetai desu

I would just like some vegetables.

那麼我們去吃中華料理吧！

中華料理（ちゅうかりょうり）を食（た）べに行（い）きましょう。

tyuuka ryouri wo tabeni ikimasyou

Let’s eat Chinese food then!

如果不夠吃的話，等一下再點。

足（た）りなかったら、また注文（ちゅうもん）しましょう。

tarinakattara, mata tyuumon simasyou

If it is not enough, order later.

這裡最有名的是握壽司。

ここで一番有名（いちばんゆうめい）なのは握（にぎ）りです。

koko de itiban yuumei nano wa nigiri desu

The most famous food here is the nigiri.

聽說這裡的牛排不錯。

ここのステーキがよさそうです。

koko no steeki ga yosasou desu

I hear that the steak here is excellent.

牛肉壽喜燒味道如何？

すき焼(やき)の味(あじ)はどうですか？

sukiyaki no azi wa dou desuka

How do you like the flavor of Sukiyaki?

最近開了一家新餐廳。

最近(さいきん)、新(あたら)しいレストランを開(ひら)きました。

saikin atarasii resutoran wo hiraki masita

There is a new restaurant open these days.

這間餐廳的咖哩飯好划算。

このレストランのカレーライスが安(やす)いです。

kono resutoran no kareeraisu ga yasui desu

The curry rice in this restaurant is cheap.

我已經吃很飽了。

もうお腹(なか)いっぱいです。

mou onaka ippai desu

I am full.

這次由我來請客吧！

今回(こんかい)は私(わたし)が御馳走(ごちそう)します。

konkai wa watasi ga gotisou simasu

Let me pay the bill this time!

39

享受平價美食

拉麵是日本最常見的大衆料理之一，幾乎日本人人喜歡。拉麵原本來自中國，如同蕎麥麵一樣。在日本一般分類將拉麵列入中餐，只是為了區別蕎麥麵和日式烏龍麵而已，日本的拉麵在湯料、麵料和主菜上已經形成了獨特的風格，自成一體。

我要一碗拉麵。

ラーメンをください。

raamen wo kudasai

I want a hand-pulled noodles.

請給我一碗餛飩麵。

ワンタン麺（めん）をください。

wantan men wo kudasai

I want a wonton and noodles.

要跟隔壁桌一樣的菜。

隣（となり）のテーブルと同（おな）じものをください。

tonari no teeburu to onazi mono wo kudasai

I want what they are having at the other table.

麻煩要鯛魚燒。

鯛焼(たいやき)をお願(ねが)いします。

taiyaki wo onegaisimasu

I would like some taiyaki, please.

來一個豬排飯，還有一盤醬菜。

かつ丼(どん)と漬物(つけもの)をください。

katudon to tukemono wo kudasai

I would like a rice with pork steak and pickles.

坐同一桌好不好？

相席(あいせき)してもいいですか？

aiseki sitemo iidesuka

Do you mind sitting together?

旅遊小叮嚀

「吃」在旅遊中佔著相當重要的部分，不妨事先在飯店或服務中心的旅遊資訊上尋找想品嚐的美食，以及哪家店家的餐點便宜又好吃，一定能吃得盡興又滿足。

40

下午茶

喝下午茶是許多遊客出國時一定會去體驗的高級享受。在飯店或餐廳裡享受著悠閒時光，慢慢品味眼前精緻的小蛋糕、餅乾、三明治或鬆餅等，是深深吸引海外遊客的賞心樂事之一。如果你是甜點的愛好者，還可以好好品嚐來自各地的巧克力喔！真的好吃到快讓人掉眼淚囉！

要不要一杯咖啡？

コーヒーを飲（の）みませんか？

koohii wo nomi masenka

Would you like a cup of coffee?

我想要一杯茶。

お茶（ちゃ）をください。

otya wo kudasai

I want a cup of tea.

要冰的還是熱的？

アイスですか、ホットですか？

aisu desuka, hotto desuka

Iced or hot?

柳橙汁 オレンジジュース orenzi zyuusu	冰紅茶 アイスミルクティー aisu miruku tii	可樂 コーラ koora
汽水 ソーダ sooda	冰咖啡 アイスコーヒー aisu koohii	礦泉水 ミネラルウォーター mineraru wootaa
鮮奶 ミルク miruku	番茄汁 トマトジュース tomato zyuusu	可可 ココア kokoa
啤酒 ビール biiru	威士忌 ウィスキー uisukii	清酒 さけ 酒 sake
葡萄酒 ワイン wain		

可不可以吃蛋糕？

ケーキをください。

keeki wo kudasai

Can I have some cake?

我喜歡吃甜甜圈。

ドーナツが好(す)きです。

doonatu ga suki desu

I like to eat donuts.

烏龍茶 ウーロン茶(ちゃ) uuron tya	紅茶 紅茶(こうちゃ) kou tya	抹茶 抹茶(まっちゃ) mattya
奶茶 ミルクティー miruku yii	煎茶 煎茶(せんちゃ) sen tya	麥茶 麦茶(むぎちゃ) mugi tya
玄米茶 玄米茶(げんまいちゃ) genmai tya		

41

吃海鮮

日本人愛吃海鮮是出了名的，不論是生魚片或是紅燒、碳烤、清蒸、水煮，廚藝精湛的日本廚師，總是有辦法把來自海洋的豐厚大禮，料理成一道道讓人垂涎欲滴的美食，讓老饕旅客們都能開心又盡興的大快朵頤。

請給我一份生魚片。

刺身（さしみ）をください。

sasimi wo kudasai

Please give me an order of sashimi.

請追加一份海鮮沙拉。

シーフード・サラダをください。

siihuudo sarada wo kudasai

Please give me another seafood salad.

不好意思，我們沒有點這道龍蝦。

すいません、この伊勢海老（いせえび）は頼（たの）んでいません。

suimasen, kono ise ebi wa tanonde imasen

Excuse me, we didn’t order this lobster dish.

請問鰻魚飯還沒好嗎？

すみません、鰻丼(うなどん)はまだですか？

sumimasen, unadon wa mada desuka

Excuse me, is the rice with roast eel ready yet?

那間海鮮店的菜色一流。

あの海鮮料理店(かいせんりょうりてん)の料理(りょうり)は一押(いちお)しです。

ano kaisen ryouri ten no ryouri wa iti osi desu

The food in that seafood restaurant is excellent.

魚已經很新鮮的了。

魚(さかな)がとても新鮮(しんせん)です。

sakana ga totemo sinsen desu

The fish is already very fresh.

這些干貝看起來好好吃。

このホタテ貝(がい)は美味(おい)しそうです。

ko no hotategai wa oisisou desu

These scallops look delicious.

42 吃甜品

日本的甜品除了重視味道之外，也很重視視覺上的美感，不論是和果子，還是紅豆湯圓；不論是蜜豆冰，還是抹茶冰淇淋，總是能牽動遊客的味蕾渴望，把體重的問題放旁邊，先品嚐了再說。

這裡有什麼甜點最好吃？

ここの一番美味しいデザートは何ですか？

koko no itiban oisii dezaato wa nandesuka

What is the most delicious dessert here?

你可不可以推薦一下？

お薦めは何ですか。

osusume wa nandesuka

Can you recommend something?

我介紹你們吃鬆餅。

私のお勧めはワッフルです。

watasi no osusume wa wahhuru desu

I recommend the waffles.

蛋糕 ケーキ keeki 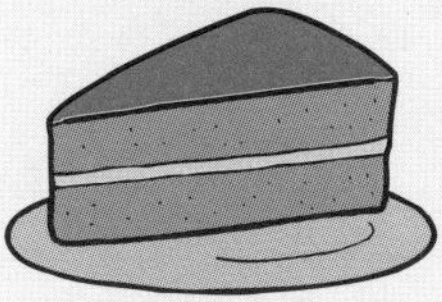	鬆餅 ワッフル wahhuru 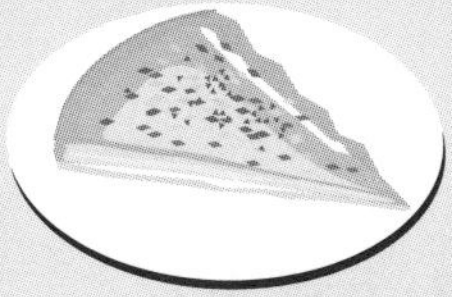	鯛魚燒 鯛焼き（たいやき） tai yaki 
銅鑼燒 ドラ焼（やき） dora yaki 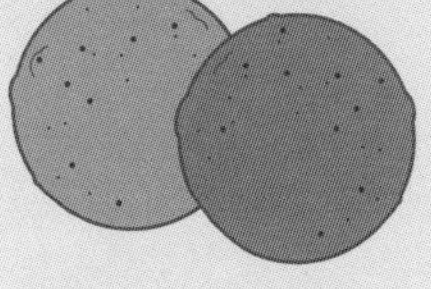	紅豆湯 あずき azuki 	抹茶聖代 抹茶（まっちゃ）パフェ mattya pahwe 
提拉米蘇 ティラミス tyiramisu 	布丁 プリン purin 	可麗餅 クレープ kureepu 

試試這裡的冰奶茶。

このアイスミルクティーを飲(の)んでみてください。

kono aisu mirukuyii wo nonde mite kudasai

Try this iced milk tea.

只要不是太甜，我都可以。

甘(あま)すぎなければ、何(なん)でも飲(の)んでみます。

amasugi nakereba, nan demo nonde mimasu

As long as it is not too sweet, I will try it.

那麼麻煩給我們兩杯果汁。

ジュースを二杯(にはい)ください。

zyuusu wo ni hai kudasai

Please give me two glasses of juice.

我好想吃布丁。

プリンが食(た)べたいです。

purin ga tabetai desu

I would like to eat pudding.

居酒屋

居酒屋是可以喝酒和用餐的店。酒類以啤酒和燒酒、日本酒為中心。料理是以日本料理為中心，不同的店有不同的菜色，洋式、和式、中式等料理等都有，是很受喜愛的大衆化店。從菜單裡點想吃的料理，但菜單大多是日文，而且會說外語的店員不多。

一起去居酒屋喝一杯吧！

居酒屋(いざかや)にいきます。

izakaya ni ikimasu

Let's go to the izakaya and have a drink.

我要喝清酒。

私(わたし)は酒(さけ)が飲(の)みたいです。

watasi wa sake ga nomitai desu

I want to drink sake.

來一份烤雞肉串。

焼(や)き鳥(とり)をひとつください。

yakitori wo hitotu kudasai

One dish of flavored chicken skewer, please.

再來一盤鹽烤鯖魚和炸天婦羅。

他に塩焼きの鯖と天ぷらをください。

hokani sioyaki no saba to tenpura wo kudasai

Please give me another dish of salt grilled mackerel and fried tempura.

跟朋友到居酒屋吃吃喝喝，可以消除一天的壓力。

友達と居酒屋で飲んだり食べたりすると一日のストレスが取れます。

tomodati to izakaya de nondari tabetari suruto itiniti no sutoresu ga toremasu

Going to the izakaya and have a meal with friends can relax the pressure of this day.

第8章

血拼敗家真過癮

到日本大血拼，一定能滿足你的購物慾望，各種不同的購物商場和方式也能提供最豐富精采的購物享受！不過購物前最好多走幾家商店，比較價錢，摸清市場價格。通常百貨公司及連鎖店會清晰列明商品價格；至於小型商店或露天市場的商品如未有標明價錢，購物前最好先問清楚價格，以免花錢買氣受喔！

44

大拍賣

日本的高物價相較於其他國家，也是舉世聞名的，如果荷包預算有限，但還是希望享受shopping的樂趣，不妨探聽一下正在大拍賣的店家或百貨公司週年慶打折的期間，就可以放心又開心的買個過癮了。

聽說三越百貨週年慶，全部商品都打折。

三越(みつこし)でバーゲンをしているそうです。すべての商品(しょうひん)が50%オフです。

mitukosi de baagen wo siteiru soudesu. subete no syouhin ga gozippaasento ohu desu

I hear that Mitsukosi Department Store is having their annual sale. All goods are 50% off.

到時候一定會有很多人。

絶対(ぜったい)、人(ひと)がたくさんいます。

zettai, hitoga takusan imasu

There must be a lot of people there.

那麼難得的機會，怎麼可以錯過呢？

めったにないチャンスなので、必(かなら)ず行(い)きます。

mettani nai tyansu nanode, kanarazu ikimasu

How can we miss such a rare opportunity?

開始買一送一活動。

一点(いってん)お買(か)い上(あ)げにつき、もう一点(いってん)差(さ)し上(あ)げています。

itten okaiageni tuki, mou itten sasiagete imasu

We are starting our buy-one-get-one-free special.

不買就虧大了。

買(か)わないと損(そん)します。

kawanai to son simasu

It would be a great loss if we didn't buy something.

導遊說這家店價格不貴。

ガイドさんはこの店のものは高くないと言いました。

gaido san wa kono mise no mono wa takakunai to iimasita

The guide said that the prices in the shop are not expensive.

付現金的話不能算便宜點？

現金で払うから、ちょっと安くしてくれませんか？

genkin de harau kara, tyotto yasuku site kuremasenka

Would it be cheaper if we pay in cash?

我要去銀座買東西。

銀座へ買い物に行きます。

ginza e kaimono ni ikimasu

I want to buy something at Ginza.

你要買什麼呢？

何を買いたいですか？

nani wo kai tai desuka

What would you want to buy?

請給我看一下這件運動服。

このスポーツウェアを見(み)せてください。

kono supootu uea wo misete kudasai

Plase show me this sports suit.

這件衣服有沒有大號的？

大(おお)きいサイズがありますか？

ookii saizu ga arimasuka

Does this come in a larger size?

這件衣服很適合你穿。

この服(ふく)はとても似合(にあ)います。

kono huku wa totemo niai masu

These clothes really suit you.

那麼一件多少錢？

いくらですか？

ikura desuka

How much is that?

哇！怎麼你賣得那麼貴呀？

へ～高（たか）いですね。

hee takai desune

Wow! How can you spend so much money?

已經是最便宜的了。

これは一番安（いちばんやす）いです。

kore wa itiban yasui desu

It is already very cheap.

我錢帶得不夠。

お金（かね）が足（た）りないです。

okane ga tarinai desu

I didn't take enough money.

已經賠本賣了。

全然儲（ぜんぜんもう）けがないです。

zenzen mouke ga nai desu

We are not even making a profit.

或者你選這種，這種比較便宜。

こちらもお選(えら)びになれます。こちらのほうが安(やす)いです。

kotiramo oerabi ni naremasu. kotira no hou ga yasui desu

Or you could choose this, this is cheaper.

算你便宜一點無所謂了。

ちょっと安(やす)くしてあげます。

tyotto yasuku site agemasu

I will charge you less.

請幫我包起來。

これを包(つつ)んでください。

kore wo tutunde kudasai

Please help me wrap it.

旅遊小叮嚀

採購也是旅行的一大樂趣，日本的家電用品及服飾、攝影器材等都是深受遊客喜愛的商品，事先蒐集情報，瞭解主要的逛街地點，必能圓滿達成您的購物計畫。

45 買東西

購物是旅遊的重頭戲之一，日本有各式各樣的免稅店、購物商場、百貨公司，銷售的眾多品牌的電子產品、時裝、化妝品及有田燒等瓷器、茶具、餐具、紙扇、和服、浴衣等傳統小禮品，種類繁多。讓您盡情的選購所需的商品，帶來無窮的購物樂趣！

老闆，這件襯衫怎麼賣？

すいません、これはいくらですか？

suimasen, kore wa ikura desuka

Boss, how much is this shirt?

兩千五百元一件。

いちまい に せん ご ひゃくえん
一枚二千五百円です。

itimai nisengohyakuen desu

Two thousand five hundred dollars.

算便宜一點可以吧？

やす
もうちょっと安くしてくれませんか？

mou tyotto yasuku site kuremasenka

Can you give me a discount?

多買就算你便宜點吧！

たくさん買(か)うなら、安(やす)くします。

takusan kaunara yasuku simasu

I will give you a discount if you buy more.

大衣	領帶	手套
コート	ネクタイ	手袋(てぶくろ)
kooto	nekutai	tebukuro
毛衣	褲子	球鞋
セーター	ズボン	運動靴(うんどうぐつ)
seetaa	zubon	undougutu
洋裝	皮帶	牛仔褲
ワンピース	ベルト	ジーンズ
wanpiisu	beruto	ziinzu

這頂帽子怎麼賣呀？

この帽子（ぼうし）はいくらですか？

kono bousi wa ikura desuka

How much is this hat?

這頂帽子有什麼顏色？

この帽子（ぼうし）はどんな色（いろ）がありますか？

kono bousi wa donna iro ga arimasuka

How many colors does this hat come in?

有紅色和藍色。

赤（あか）と青（あお）があります。

aka to ao ga arimasu

There are red and blue.

請問這件大衣怎麼賣呀？

このコートはいくらですか？

kono kooto wa ikura desuka

How much is this overcoat?

這個手提袋怎麼賣呀？

このバッグはいくらですか？

kono baggu wa ikura desuka

How much is this handbag?

請給我看看這件毛衣。

このセーターを見(み)せてください。

kono seetaa wo misete kudasai

Can you show me the sweater?

可不可以試穿？

試着(しちゃく)してもいいですか？

sityaku sitemo ii desuka

May I try it on?

我想要一雙三十七號球鞋。

三十七号(さんじゅうななごう)の運動靴(うんどうぐつ)をください。

sanzyuu nana gou no undou gutu wo kudasai

I want a pair of size thirty seven sneakers.

你看合不合？

合(あ)いますか？

aimasuka

Does it match?

有沒有其他的顏色？

他(ほか)の色(いろ)はありませんか？

hoka no iro wa arimasenka

Are there any other colors?

那麼請給我這一件。

これをください。

kore wo kudasai

Please give me this one.

給我看看這條手鍊。

このブレスレットを見(み)せてください。

kono buresuretto wo misete kudasai

Please show me this bracelet.

還有沒有別的牌子呢？

他(ほか)のブランドはありますか？

hokano burando wa arimasuka

Are there any other brands?

這件衣服可以便宜一點嗎？

もっと安(やす)くなりませんか？

motto yasuku narimasenka

Can you give me a discount?

頂多打八折。

一番安(いちばんやす)くしても20%オフです。

itiban yasukusitemo nizippaasento ohu desu

The best I can do is give you a 20% discount.

那就買別的了。

じゃあ、別(べつ)のものにします。

zyaa, betu no mono ni simasu

Then I'll buy another one.

46

兌換錢幣

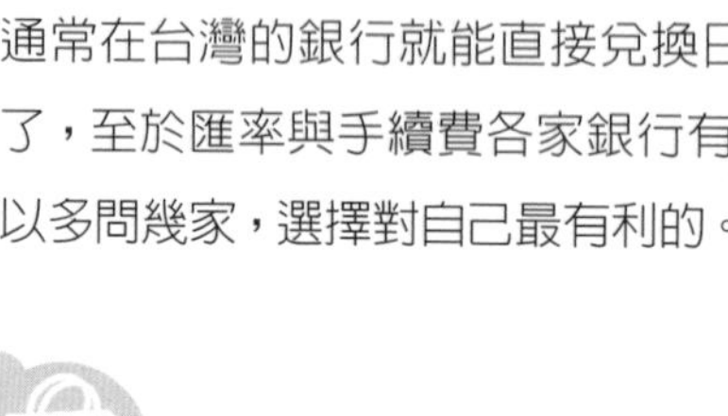

我們熱愛的新台幣在日本地區是不能使用的，必須兌換成日幣才能在當地使用，通常在台灣的銀行就能直接兌換日幣的現金了，至於匯率與手續費各家銀行有些許不同，可以多問幾家，選擇對自己最有利的。

請問哪裡可以換錢？

どこで両替(りょうがえ)できますか？

doko de ryougae dekimasuka

Where can I change money?

今天的匯率是多少？

今日(きょう)のレートはいくらですか？

kyou no reeto wa ikura desuka

What is the exchange rate today?

手續費多少錢？

手数料(てすうりょう)はいくらですか？

tesuuryou wa ikura desuka

How much is the procedure fee?

可否請你將五百美元換成日圓？

五百(ごひゃく)ドルを日本円(にほんえん)に両替(りょうがえ)してください。

gohyaku doru wo nihon en ni ryougae site kudasai

I would like to change the five hundred American dollars to Japan yens.

可否請你將一萬元換成零錢？

一万円(いちまんえん)を両替(りょうがえ)してください。

itiman en wo ryougae site kudasai

I would like to change ten thousand dollars into smaller bills.

可否請你幫我將這張旅行支票換成現金？

このトラベラーズチェックを現金(げんきん)に両替(りょうがえ)してください。

kono toraberaazu tyekku wo genkin ni ryougae site kudasai

I would like to exchange my traveler's check into cash.

我不小心把旅行支票遺失了。

トラベラーズチェックをなくしました。

toraberaazu tyekku wo nakusimasita

I accidentally lost the traveler's check.

要去哪裡申請補發？

どこで再発行(さいはっこう)できますか？

doko de saihakkou dekimasuka

Where should we apply?

今天台幣兌日幣的兌換價是多少？

今日(きょう)の台湾元(たいわんげん)と日本円(にほんえん)の両替(りょうがえ)レートはいくらですか？

kyou no taiwan gen to nihon en no ryougae reeto wa ikura desuka

What is the exchange rate of Taiwan dollars to Japan yens today?

三百元台幣換一千圓日幣。

三百元(さんびゃくげん)を千円(せんえん)に両替(りょうがえ)してください。

san byaku gen wo sen en ni ryougae site kudasai

Three hundred Taiwan dollars to one thousend Japan yens.

47 訂做衣服

日本和服造價不菲，但精緻美麗的做工，總是讓外國的遊客們愛不釋手，有許多和服店可以為客戶量身製作和服，作品充分展現日本的特色，剪裁與布料材質，都可以根據顧客的喜好及身型，做出絕不撞衫的漂亮衣服。

我想訂做一件和服。

着物を作りたいです。

kimono wo tukuri tai desu

I would like to order a kimono.

你可以先去挑選喜歡的布料。

先に、好きな布を選んでください。

saki ni sukina nuno wo erande kudasai

You can pick the cloth you like first.

這種布料不錯。

この布がいいと思います。

kono nuno ga ii to omoimasu

The cloth is excellent.

我先幫你量。

サイズを測ります。

saizu wo hakari masu

Let me measure your size first.

今天訂做什麼時間可以拿呢？

今日オーダーしたら、いつ引き取れますか？

kyou oodaa sitara, itu hikitore masuka

If I order it today, when can I pick it up?

大概要一個星期才可以拿。

一週間くらいです。

issyuukan kurai desu

You can pick it up in about a week.

你幫我按照這張照片的款式做。

この写真の服と同じように、作ってもらいたいんですが。

kono syasin no huku to onazi youni, tukutte moraitaindesu ga

Please make it according to the style in the picture.

要不要改其他部分？

どこか直(なお)しますか？

dokoka naosimasuka

Would you like to change another part?

請幫我修改一下這個部分。

この辺(へん)をちょっと直(なお)してもらいたいです。

konohen wo tyotto naosite morai tai desu

Please mend this part.

手工藝品尋寶

手工精細的日本工藝品，充分表現民間藝術色彩，是布置家居的最佳裝飾品。款式繁多，價格超值，各種獨具特色的食器、玻璃工藝品和和服娃娃等，都可在多處地點精挑細選，不妨慢慢體會到尋寶的樂趣喔！

有沒有賣茶碗？

ちゃわん　う
お茶碗を売っていませんか？

otyawan wo utte imasenka

Do you sell the teacup?

有沒有賣古董？

こっとうひん　う
骨董品を売っていませんか？

kottouhin wo utte imasenka

Do you sell antiques?

哪裡有賣有日本特色的手工藝品？

にほんふう　みんげいひん　う
どこで日本風の民芸品を売っていますか？

doko de nihonhuu no mingeihin wo utte imasuka

Where are Japan handicrafts sold?

那個大的請讓我看一下

大(おお)きいのを見(み)せてください。

ookii no wo misete kudasai

Please show me the big one.

可以幫我送去我住的飯店嗎？

ホテルまで送(おく)ってくれませんか？

hoteru made okkute kuremasenka

Could you send it to the hotel for me?

是不是絲綢的呢？

シルクで作(つく)ってあるんですか？

siruku de tukutte arundesuka

Is it made of silk?

旅遊小叮嚀

日本許多商店街、百貨公司附近的街弄，有許多各具特色的禮品店家，往往能找到新奇又便宜的東西，有令人意想不到的收穫。

49

逛廟會

廟會就是民俗祭，舉行的日子各地區有所不同。大致上全國都有的祭典有盂蘭盆節、七夕節、女兒節／春祭、節分祭等。人們從神社裡抬出神轎，載歌載舞慶祝豐收和節日，還有各種表演及特色小吃，從中可以體會到日本人團結和熱情奔放的一面。

晚上我想去廟會。

夜、祭りを見に行きたいです。

yoru maturi wo mini ikitai desu

I want to go to matsuri.

有賣吃的和各式各樣的東西。

食べ物といろんな小物を売っています。

tabemono to iron na komono wo utte imasu

There are foods and various kinds of goods.

面具多少錢呀？

お面はいくらですか？

omen wa ikura desuka

How much is the mask?

請小心扒手。

すりに気(き)を付(つ)けて下(くだ)さい。

surini kiwo tukete kudasai

Watch out for pickpockets.

有沒有其他顏色？

他(ほか)の色(いろ)はありませんか？

hoka no iro wa arimasenka

Are there any other colors?

輕鬆學日語【現學現用篇】

第9章

展覽表演看不完

日本是亞洲觀光的熱門景點，除了國際會議與各種展覽之外，也經常舉辦世界級的盛事活動，包括表演藝術、體育活動、百老匯演出、節慶活動，以及由國際世界級大師演出的音樂會。對藝術文化表演有興趣者可上網查詢更多表演藝術的資訊。

過新年

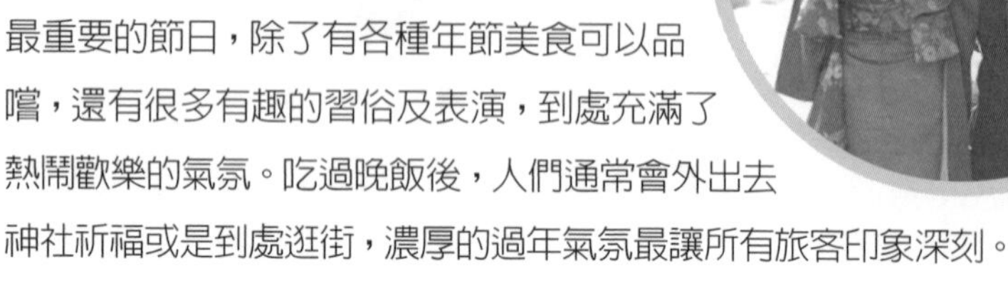

新年對全世界的人來說，是一年之中最重要的節日，除了有各種年節美食可以品嚐，還有很多有趣的習俗及表演，到處充滿了熱鬧歡樂的氣氛。吃過晚飯後，人們通常會外出去神社祈福或是到處逛街，濃厚的過年氣氛最讓所有旅客印象深刻。

恭喜發財！

おめでとうございます。

omedetou gozaimasu

Congratulations!

新年快樂！

しんねん
新年、おめでとうございます。

sinnen omedetou gozaimasu

Happy New Year!

真快要過年了。

しんねん
もう新年だね。

mou sinnen da ne

It is about time to celebrate the New Year.

你看過煙火表演嗎？

はなび　み
花火を見たことがありますか？

hanabi wo mita koto ga arimasuka

Have you ever seen the fireworks show?

你要不要去看煙火表演？

はなび　み
花火を見にいきませんか？

hanabi wo mini iki masenka

Would you like to see the fireworks show?

除夕晚上都是一家團圓，是不是？

おおみそか　よる　いっかだんらん
大晦日の夜は、みんな一家団欒ですか？

oomisoka no yoru wa minna ikkadanran desuka

Families are together on New Year's even, aren't they?

旅遊小叮嚀

到日本旅遊所到之處大多是公共場所，必定有些設限的事情，如果要拍照或抽煙，最好事先詢問一下旁邊的人，徵求同意；如果是別人詢問你的同意時，可以簡單的回答「どうぞ」、「いいわ」（可以）或「かまわないよ」（沒關係）等。

耶誕節

聖誕假期不少人會選擇到日本旅遊歡度佳節，此時的日本正適合四處觀賞、購物、享受聖誕大餐等。每年都有不少遊客趁著耶誕節期間商店打折的好時機到日本購物，街道上熙來攘往的行人更顯出聖誕喜慶的氣氛。

祝你聖誕快樂！

メリー・クリスマス！

merii kurisumasu

Merry Christmas!

我想體驗一下日本聖誕節的熱鬧氣氛。

日本（にほん）のクリスマスの賑（にぎ）やかな雰囲気（ふんいき）を体験（たいけん）したいです。

nihon no kurisumasu no nigiyakana hun iki wo taiken sitai desu

I want to experience the festive atmosphere during Christmas in Japan.

聖誕節的燈飾好漂亮。

クリスマスのイルミネーションはとても綺麗(きれい)です。

kurisumasu no irumineesyon wa totemo kirei desu

The Christmas light ornaments are beautiful.

到哪裡可以吃耶誕大餐呢？

どこでクリスマス・ディナーを食(た)べますか？

doko de kurisumasu dyinaa wo tabemasuka

Where can I enjoy a Christmas feast?

耶誕夜通常有些什麼活動？

クリスマス・イブはどんなイベントがありますか？

kurisumasu ibu wa donna ibento ga arimasuka

What activities usually take place on Christmas Eve?

旅遊小叮嚀

在飯店及餐廳都可以拿到各種旅遊資訊，包括節日慶典、戲院節目、藝術展覽等，必要時，還可以請櫃臺或服務人員簡單說明介紹。

52

展覽館

看展覽可以帶著不同的心情，有求知欲者，可以從展覽裡看到豐富的知識蘊涵；有感受力者，可以從展品中體悟創作者的心情與表情；無為者也可以看書畫是書畫、看玉石是玉石。旅遊到各地，撥點時間去看展覽吧！收穫絕對比想像中多更多。

門票要多少錢？

にゅうじょうけん

入場券はいくらですか？

nyuuzyouken wa ikura desuka

How much is the ticket?

有沒有學生優待票？

がくせい　にゅうじょうけん

学生の入場券はありますか？

gakusei no nyuuzyouken wa arimasuka

Do the tickets have special student rates?

請問藝術館在哪裡？

びじゅつかん

すいません、美術館はどこにありますか？

suimasen, bizyutukan wa doko ni arimasuka

Excuse me, where is the art museum?

可以拍照嗎？

写真(しゃしん)を撮(と)ってもいいですか？

syasin wo tottemo ii desuka

May I take photos?

禁止拍照。

撮影禁止(さつえいきんし)。

satuei kinsi

It prohibits taking photos.

有沒有可以寄放東西的地方？

私物(しぶつ)を預(あず)けるところがありますか？

sibutu wo azukeru tokoro ga arimasuka

Is there a designated place for me to put my things?

請寄放在那裡的投幣式保管箱。

ロッカーに預(あず)けてください。

rokkaa ni azukete kudasai

Please leave it at the token storage over there.

出口在哪裡？

出口（でぐち）はどこにありますか？

deguti wa doko ni arimasuka

Where is the exit?

別館要怎樣走？

別館（べっかん）はどちらですか？

bekkan wa dotira desuka

How do I go to the other hall?

我想參觀一下油畫展。

油（あぶら） 絵（え）の展覧会（てんらんかい）を見（み）たいです。

abura e no tenrankai wo mitai desu

I want to visit the art exhibition.

我想參觀一下隕石。

隕石（いんせき）を見（み）たいです。

inseki wo mitai desu

I want to visit the meteorite.

53

藝術表演活動

有人會為了觀賞「歌劇魅影」的演出特地跑到倫敦，看似帶點瘋狂的行為，背後其實藏著更多對藝術表演的熱情。日本每年都有來自各國的知名藝術表演團體演出，而你既然到了當地，錯過欣賞演出的機會就有點可惜囉！

今天有什麼戲劇表演？

きょう　なに　じょうえん
今日は何か上演がありますか？

kyou wa nani ka zyouen ga arimasuka

Are there any drama performances today?

有沒有歌舞伎公演的票？

かぶき　にゅうじょうけん
歌舞伎の入場券がありますか？

kabuki no nyuuzyouken ga arimasuka

Do you have any tickets available for the Japanese Opera's public performance?

只剩後排的座位了。

のこ　いちばんうし　せき
残っているのは一番後ろの席です。

nokotteiru no wa itiban usiro no seki desu

There are only the back seats left.

現在上演什麼音樂劇？

今上演しているのはどんなオペラですか？

ima zyouen siteiru no wa donna opera desuka

What type of opera is on stage?

請給我兩張今晚的票。

今晩のチケットを二枚ください。

konban no tiketto wo nimai kudasai

I'd like two tickets for tonight, please.

真是不湊巧，今晚的票已經賣完了。

生憎、今晩のチケットは売り切れました。

ainiku konban no tiketto wa urikire masita

I am sorry, but the tickets for tonight are sold out.

什麼時候有票？

いつなら、チケットがありますか？

itunara tiketto ga arimasuka

When will the ticket be available.

可以穿休閒的服裝嗎？

カジュアルな服（ふく）でもいいですか？

kazyuaru na huku demo iidesuka

Can I dress casually?

最好的位子要多少錢？

一番（いちばん）よい席（せき）はいくらですか？

itiban yoi seki wa ikura desuka

How much is the best seat in the house?

請給我三張最便宜的票。

一番安（いちばんやす）いチケットを三枚（さんまい）ください。

itiban yasui tiketto wo sanmai kudasai

Can I have three of the cheapest tickets?

旅遊小叮嚀

在日本可以欣賞一流的國際性音樂會、舞蹈表演及歌劇，也可以觀賞日本的傳統能劇或歌舞伎表演。為自己安排一場藝術的盛宴吧！超感動喔！

54

日本生活

林語堂《生活的藝術》裡說：如果你懂得欣賞悠閒，享受你的睡床、坐椅、茶葉和朋友，並容許大自然與你親近，你會發覺「塵世是唯一的天堂」。日本人的生活，其實很平安，沒有嚴重的動亂和暴力，社會秩序良好，因此生活中有很多開心玩樂的機會，你不妨也試著用自己的心去體會生活的各種面貌。

一起去跳舞好不好？

一緒(いっしょ)にダンスしに行(い)きませんか？

issyoni dansu sini ikimasenka

Do you want to dance with me?

我們開車去兜風。

ドライブに行(い)きましょう。

doraibu ni ikimasyou

Let’s drive around for fun.

我要去美容院。

びようしつ　い
美容室へ行きます。

biyousitu e ikimasu

I want to go to the beauty salon.

我要打電話。

でんわ
電話をします。

den wa wo simasu

I want to make a phone call.

我要去看牙醫。

はいしゃ　い
歯医者に行きます。

haisya ni ikimasu

I need to see the dentist.

輕鬆學日語【現學現用篇】

第10章

休閒娛樂好去處

旅遊日本除了欣賞自然美景之外，還要看日本人如何玩樂和如何享受多采多姿的夜生活。日本各地有很多動物園，而且各具特色，如富士野生動物園、群馬野生動物園等。日本是海洋國家，得天獨厚的地理環境使日本擁有世界最大和最多的水族館，東京臨海公園、大阪海遊館、沖繩的美麗海等水族館。日本富士山下著名的遊樂園富士急樂園擁有數項吉尼斯世界記錄。

55

東京迪士尼樂園

東京的迪士尼度假區由迪士尼海洋公園和迪士尼樂園組成，園區由專用米老鼠高架電車連接相通。進入園內猶如置身童話世界，眼前出現無數的夢幻畫面，會讓人忍不住興奮起來，園區內還有各種超可愛的商品，可以買回家做紀念，提醒你，在這裡JCB信用卡比較通用喔！

東京迪士尼樂園怎麼去呀？

東京(とうきょう)ディズニーランドまで、どうやって行(い)きますか？

tokyo dyizuniirando made douyatte ikimasuka

How can I go to Tokoyo Disneyland?

我想要跟米奇一起拍照

ミッキーと一緒(いっしょ)に写真(しゃしん)を撮(と)りたいです。

mikkii to issyo ni syasin wo toritai desu

I want to take photos with Micky.

東京迪士尼樂園酒店到處都是迪士尼圖案。

東京(とうきょう)ディズニーランドホテルの中(なか)のあちこちにディズニーの絵(え)があります。

tokyo dyizuniirando hoteru no nakano atikoti ni dyizunii no e ga arimasu

There are Disney pictures all over the Disneyland Hotel in Tokyo.

聽說能在迪士尼樂園舉辦童話式婚禮！

ディズニーランドで童話(どうわ)のような結婚式(けっこんしき)が出来(でき)るそうです。

dyizuniirando de douwa no youna kekkonsiki ga dekiru sou desu

I hear that you can hold fairy tale weddings in Disneyland.

Fast Pass是免費的嗎？

ファスト・パスは無料(むりょう)ですか？

fasuto pasu wa muryou desuka

Is the Fast Pass free?

迪士尼樂園開放時間從十點到晚上七點或九點。

ディズニーランドの営業時間(えいぎょうじかん)は朝十時(あさじゅうじ)から夜七時(よるしちじ)か九時(くじ)までです。

dyizuniirando no eigyou zikan wa asa zyuuzi kara yoru sitizi ka kuzi made desu

Disney is open from 10 a.m. to 7 p.m. or 9 p.m..

賽馬小賭

東京市內的馬場一個位於府中，另一個位於大井。府中的有草地及泥地跑道，大井只有泥地跑道；府中的每星期六及星期曰都均有賽事進行。大井則只在星期三跑夜馬。有興趣的遊客可以玩玩，不過記得小賭怡情即可喔！

日本到處都有柏青哥。將鋼鐵製的彈珠用彈簧打出去之後，若掉進洞穴就會推出若干彈珠。這些彈珠可兌換香煙或糖果等物品，所以柏青哥深受日本民衆的喜愛。但是未滿十八歲的人禁止進入。

今天要不要去看賽馬？

今日(きょう)、競馬(けいば)を見(み)に行(い)きませんか？

kyou keiba wo mini iki masenka

Do you want to see the horse race?

東京的賽馬場在哪裡？

東京(とうきょう)の競馬場(けいばじょう)はどこにありますか？

tokyo no keibazyou wa doko ni arimasuka

Where is the horse racing yard in Tokyo?

在品川。

品川（しながわ）にあります。

sinagawa ni arimasu

At Shinagawa.

在府中。

府中（ふちゅう）にあります。

hutyuu ni arimasu

At Hutyuu.

我想下注。

私（わたし）は競馬（けいば）をしたいです。

watasi wa keiba wo sitai desu

I want to bet on a horse.

你想要買哪一種？

どちらがいいですか？

dotira ga ii desuka

Which kind you want?

說不定這次比賽我會贏。

今回(こんかい)、勝(か)つかもしれません。

konkai katu kamosiremasen

I just may win this competition.

你要不要玩吃角子老虎？

あなたはスロットをしますか？

anata wa surotto wo simasuka

Do you want to play the slots?

我在旁邊看你玩就好了。

私(わたし)はそばで見(み)ているだけでいいです。

watasi wa soba de miteiru dake de ii desu

I'll just watch you play.

我想要換籌碼。

私(わたし)はチップを交換(こうかん)したいです。

watasi wa tippu wo koukan sitaidesu.

I want to trade chips.

等我贏大錢的時候，請你吃一頓！

か　　　　ごちそう
勝ったら、御馳走してあげます。

kattara gotisou site agemasu

When I win a lot of money, I will treat you to a meal!

講話要算數喔！

かなら
必ずですよ。

kanarazu desuyo

Remember what you said!

說不定我從此就變成百萬富翁了。

わたしひゃくまんちょうじゃ
私は百万 長 者になるかもしれません。

watasi wa hyakuman tyouzya ni naru kamosiremasen

I just may become a millionaire.

啊！輸了，真是可惜！

ま　　　　　ざんねん
あ～負けました。残念。

aa make masita. zannen

Wow! What a pity! I lost!

你還是腳踏實地一點比較好。

あなたは地道（じみち）にやるほうがいいです。

anata wa zimiti ni yaru hou ga iidesu

You had better be honest.

未滿十八歲不准進場。

十八歳未満（じゅうはっさいみまん）は入場禁止（にゅうじょうきんし）です。

zyuuhassai miman wa nyuuzyou kinsi desu

People who are under eighteen years old are not allowed to enter.

57 Fans追星

日本國際巨星不少，走在路上說不定有機會見到木村拓哉、濱崎步、福山雅治、藤原紀香、竹野内豐、松島菜菜子、龍澤秀明、安達佑實、小室哲哉、深田恭子、豐川悦司，還有安室奈美惠……日本演藝事業發達，是個充滿明星魅力和活力的地方，如果你是追星一族，何不騰出一點時間，如果運氣好，說不定你的偶像正坐在旁邊用餐吃飯呢！

你喜歡哪一個歌手呢？

どちらの歌手(かしゅ)が好(す)きですか？

dotira no kasyu ga suki desuka

Which singer you like?

我喜歡smap。

私(わたし)はSmapが好(す)きです。

watasi wa smap ga suki desu

I like smap.

你喜歡福山雅治還是藤木直人？

ふくやままさはる　ふじきなおひと　す
福山雅治か藤木直人が好きですか？

hukuyama masaharu ka huziki naohito ga sukidesuka

Do you like Hukuyama Masaharu or Huziki Naohito ?

我想買這一期的東京walkers來看。

わたし　こんき　とうきょう　か
私は今期の東京ウォーカーを買いたいです。

watasi wa konki no tokyo uwookaa wo kai tai desu

I want to buy a current Tokyo Walkers to read.

有什麼那麼吸引你？

みりょく
どんな魅力がありますか？

donna miryoku ga arimasuka

What are you so interested in?

我的偶像松島菜菜子當封面人物。

ひょうし　わたし　まつしまななこ
表 紙は私のアイドルの松嶋菜菜子です。

hyousi wa watasi no aidoru no matusima nanako desu

My idol, Matsugima Nanako, is on the cover.

原來你也是追星一族。

なるほど、あなたもファンなんですね。

naruhodo, anata mo hwan nandesune

So you are a fan of movie stars, too.

那你的偶像又是誰呢？

あなたのアイドルは誰(だれ)ですか？

anata no aidoru wa dare desuka

Who is your idol?

我的偶像是木村拓哉。

私(わたし)のアイドルは木村拓哉(きむらたくや)です。

watasi no aidoru wa kimura takuya desu

My idol is Kimura Takuya.

我最喜歡看他的浪漫愛情喜劇片。

私(わたし)は彼(かれ)のラブコメディーが好(す)きです。

watasi wa kare no rabu komedyii ga suki desu

His romantic comedies are my favorite.

58

一日遊行程

一天的時間可以做些什麼？你可以在高樓林立的東京市區中穿梭閒逛，盡情享受購物樂趣；也可以搭車到鄰近的城鎮尋幽訪勝，品嘗便宜又道地美食；或是跳上電車隨遇而安，走到哪玩到哪……一日遊，總會充滿驚喜與樂趣。

有沒有去輕井澤的行程？

軽井沢(かるいざわ)へ旅行(りょこう)に行(い)きますか？

karuizawa e ryokou ni iki masuka

Are you planning on taking a tour of Karuizawa?

這個行程行經哪些地方？

このツアーはどこへ行(い)きますか？

kono tuaa wa doko e iki masuka

What places does the tour cover?

這個行程每天都出發嗎？

このツアーは毎日出発(まいにちしゅっぱつ)しますか？

kono tuaa wa mainiti shuppatu simasuka

Is this tour available everyday?

這個行程要多少錢？

このツアーはいくらですか？

kono tuaa wa ikura desuka

How much is the trip?

是否可以在這裡預約？

ここで、予約（よやく）できますか？

koko de yoyaku deki masuka

Can I make a reservation here?

我要參加箱根一日遊。

私（わたし）は箱根（はこね）の一日（いちにち）ツアーに参加（さんか）したいです。

watasi wa hakone no itiniti tuaa ni sanka sitai desu

I want to attend a one day trip around Hakone.

請幫我預約星期四的箱根之旅行程。

木曜日（もくようび）の箱根（はこね）のツアーを予約（よやく）してください。

mokuyoubi no hakone no tuaa wo yoyaku site kudasai

Please help me book a tour to Hakone on Tuesday.

有沒有附晚餐？

晚御飯(ばんごはん)は付(つ)いていますか？

bangohan wa tuite imasuka

Is dinner included?

大概幾點會回來？

何時(なんじ)ごろ戻(もど)りますか？

nanzi goro modori masuka

When will we come back?

行程很愉快，非常感謝。

楽(たの)しい旅行(りょこう)でした。どうもありがとうございました。

tanosii ryokou desita. doumo arigatou gozaimasita

This trip has been a lot of fun. Thank you so much.

旅遊小叮嚀

想參觀東京重要的名勝古蹟，可以搭乘旅遊公車，為了方便外國旅客，這類旅遊公車大多有英語服務人員。旅行社、飯店櫃臺都可以受理預約。

59 看電影

日本可說是影迷的天堂，戲院設施一流，無論從空間、螢幕、音響、座位的安排和舒適性都極其講究，看片時，身臨其境之感真是無可比擬。不僅可觀賞日本片，也可以觀賞以歐美為主的世界影片。更棒的是幾乎每個大型購物廣場內都設有電影院，瘋狂採購之後，還能趕上一場精采的電影，還真是幸福得不得了。

我們明天去看電影吧？

あした　えいが　み　い

明日、映画を見に行きませんか？

asita eiga wo mini iki masenka

Let’s go see a movie tomorrow.

聽說這部電影很好看。

えいが　すご

この映画は凄くいいみたいです。

kono eiga wa sugoku ii mitai desu

It is heard that the movie is great.

那明天早一點去排隊。

あした　はや　なら　い
明日、早めに並びに行きましょう。

asita hayameni narabini iki masyou

Let's get in line early tomorrow morning.

最近有什麼新的電影上映？

さいきん　なに　あたら　えいが
最近、何か新しい映画がありますか？

saikin nani ka atarasii eiga ga arimasuka

Have any new movies come out recently?

最近哪部電影最受歡迎？

さいきん　いちばんにんき　えいが　なん
最近、一番人気がある映画は何ですか？

saikin itiban ninki ga aru eiga wa nan desuka

What has been the most popular movie lately?

有沒有「美女與野獸」的票？

びじょ　やじゅう　にゅうじょうけん
"美女と野獣"の入場券はありますか？

bizyo to yazyuu no nyuuzyouken wa arimasuka

Do you have the ticket to "Beauty and the Beast"?

這部電影在哪裡上映？

この映画(えいが)はどこで放送(ほうそう)していますか？

kono eiga wa doko de housou site imasuka

Where is the movie showing?

這部電影適合小孩子看嗎？

この映画(えいが)は子供(こども)に合(あ)いますか？

kono eiga wa kodomo ni aimasuka

Is this movie suitable for children?

對號入座的票多少錢一張？

指定席(していせき)の入場券(にゅうじょうけん)は一枚(いちまい)いくらですか？

siteiseki no nyuuzyouken wa itimai ikura desuka

How much is it to get an arranged seat?

我要兩張中間位置的電影票。

真(ま)ん中(なか)の席(せき)の入場券(にゅうじょうけん)を二枚(にまい)ください。

mannaka no seki no nyuuzyouken wo nimai kudasai

I want tickets for the middle seats.

這部電影真感人。

この映画(えいが)は本当(ほんとう)に感動(かんどう)します。

kono eiga wa hontou ni kandou simasu

This movie is so touching.

60 水族館

橫濱的趣味水族館展示超過三百種類型、五千條觀賞魚，可以在這裡盡情享受探索魚類和生物奇妙之旅帶來的快樂和歡笑。鄰近的吉本兒童水族館大約有八十個以兒童為主題的水族箱，館內布置就像幼兒園一樣。造型針對兒童喜好，還設有溜滑梯和攀爬架造型的水族箱等設施。

你有沒有去過橫濱？

横浜(よこはま)へ行(い)ったことがありますか？

yokohama e itta koto ga arimasuka

Have you ever been to Yokohama?

這班火車是不是到橫濱呀？

この列車(れっしゃ)は横浜(よこはま)までですか？

kono ressya wa yokohama made desuka

Does this train go to Yokohama?

紅磚倉庫好不好玩？

赤(あか)レンガパークは面白(おもしろ)いですか？

akarenga paaku wa omosiroi desuka

Is the Red Brick Park a lot of fun?

坐摩天輪會不會害怕？

観覧車(かんらんしゃ)は怖(こわ)くありませんか？

kanransya wa kowaku arimasenka

Is taking a Ferris wheel scary?

玩電動遊樂設施是不是免費？

アーケードゲームは無料(むりょう)ですか？

aakeedo geemu wa muryou desuka

Is it free to play in the arcade?

旅遊小叮嚀

到國外旅遊有機會認識新朋友是一件令人開心的事，日本人初次見面常會交換名片，表示向對方致意，因此最好隨身攜帶名片。

緊急應變措施及電話號碼

護照丟失

請與有關機構聯繫，台灣旅客緊急電話：03-3280-7821。

財物被盜

旅行中當遇到物品被盜時，請撥叫110（警察局）或到附近的警察署通報。如果旅行支票或信用卡被盜，請立即與銀行或信用卡公司取得聯繫，辦理掛失。

物品遺失

物品遺失時，請及時向警察機關通報，當物品找到時警察機關會主動通知失主。失主不明的遺失物品，大約在五～十四天之內集中保管。警視廳物品遺失中心電話：03-3814-4151，地址：東京都文京區後樂1-9-11。

交通事故

請撥打110（警察局）通報事故情況，叫警察前來處現場。記下肇事人的姓名、地址、電話、年齡、車號及駕駛執照號碼。如有受傷之處（即使是輕傷），最好立刻去醫院進行檢查，以防後患。

受傷和急病

請撥叫119（救護車），日本的救護車任何人都可免費使用。請務必說明何人有何身體不適的狀況，並提供聯繫的姓名、地址、電話等。如患者不是打電話者，請及時通知患者親屬或朋友。

地震

日本是個多地震的國家，平均每個月都會有二～三級地震。當地震發生時，請不要驚慌，注意瞭解地震資訊。住宿酒店時，首先確認距離房間最近的緊急避難通道，以便在發生地震時，能迅速脫離危險區。如果遇到大地震，日本各地區都有固定的避難場所。

火災

日本房屋以木質結構較多，火災發生率較高。因此無論是公共場所或私人住宅，都備有各種滅火器，火勢不大時，可自行擔任消防員，使用滅火器滅火，並同時撥打119（火警），通報火勢、地址、電話和姓名，呼叫消防隊前來滅火。

旅遊服務中心(TIC)

成田、關西等國際機場裡設有旅遊服務中心(TIC)。外國旅客者可以索取地圖，同時提供洽商或日本的旅行計畫，還有有關旅遊交通資訊、住宿設施介紹等各種觀光指南。在旅客服務中心有會講許多國家語言的工作人員，台灣旅客可以多加利用。

旅遊服務中心服務項目：

*針對外國旅客提供日本旅行指南

*提供外國語文版本（包括繁體中文）的觀光指南及地圖

*答覆外國旅客以電話或書面詢問的問題

成田國際機場服務處	〒282-0004 千葉縣新東京國際機場第2航站1樓 TEL : 0476-34-6251
新東京國際機場服務處（分處）	〒282-0011 千葉縣新東京國際機場第1航站1樓 TEL : 0476-30-3383

TIC東京服務處	〒100-0006 東京都千代田區有樂町 2-10-1　東京交通會館10樓 TEL : 03-3201-3331
TIC京都服務處	〒600-8216 京都府京都市下京區烏丸通 七條下 京都鐵塔大樓1樓 TEL : 075-371-5649
關西觀光情報中心	〒549-0011 大阪府關西國際機場旅客到 達航站 TEL : 0724-56-6025

i 服務處

針對海外訪日旅客，提供觀光遊覽及情報資訊的服務處叫做「i服務處」。「i服務處」與旅客服務中心攜手合作，提供外國旅客必要的資訊。

有information標誌的服務處為「i服務處」，「i服務處」大多設在重要的車站和市中心地區。值得一看的觀光景點及關於交通的問題，尋找住宿地點等都可以多加利用。

日語系列：13

我的第一本日語旅遊書

作者／朱讌欣・渡邊由里
出版單位／哈福企業
地址／新北市中和區景新街347號11樓之6
電話／(02) 2945-6285　傳真／(02) 2945-6986, 3322-9468
出版日期／2015年11月
定價／NT$ 279元（附MP3）

全球華文國際市場總代理／采舍國際有限公司
地址／新北市中和區中山路2段366巷10號3樓
電話／(02) 8245-8786　傳真／(02) 8245-8718
網址／www.silkbook.com 新絲路華文網

香港澳門總經銷／和平圖書有限公司
地址／香港柴灣嘉業街12號百樂門大廈17樓
電話／(852) 2804-6687　傳真／(852) 2804-6409
定價／港幣93元（附MP3）

email／haanet68@Gmail.com
網址／Haa-net.com
facebook／Haa-net 哈福網路商城

郵撥打九折，郵撥未滿500元，酌收1成運費，
滿500元以上者免運費

國家圖書館出版品預行編目資料

我的第一本日語旅遊書 ／朱讌欣・渡邊由里◎合著
---初版. 新北市中和區: 哈福企業
2015.11
面;　公分---（日語系列 13）
ISBN 978-986-5616-35-9（平裝附光碟片）
1.日本語言---會話

803.188

哈福

哈福